共和国的历程

历史罪证

美帝无理扣留残害中朝被俘人员

方士华　编写

蓝天出版社　吉林出版集团有限责任公司

图书在版编目（CIP）数据

历史罪证：美帝无理扣留残害中朝被俘人员 / 方士华编写.
—北京：蓝天出版社，2014. 1（2023.3重印）
（共和国的历程）
ISBN 978-7-5094-1103-2

Ⅰ．①历… Ⅱ．①方… Ⅲ．①革命故事－作品集－中国－当代 Ⅳ.
①I247. 8

中国版本图书馆 CIP 数据核字（2013）第 305489 号

历史罪证——美帝无理扣留残害中朝被俘人员

编　　写：方士华
策　　划：金永吉　荆忠峰
责任编辑：祖　航　孔庆春
出版发行：蓝天出版社　吉林出版集团有限责任公司
地　　址：北京市复兴路 14 号
邮　　编：100843
电　　话：010—66983715
经　　销：全国新华书店
印　　刷：北京柏玉景印刷制品有限公司
开　　本：710mm×1000mm　1/16
字　　数：69 千
印　　张：8
版　　次：2014 年 4 月第 1 版
印　　次：2023 年 3 月第 3 次
定　　价：29.80 元

前　言

　　中华人民共和国自 1949 年 10 月 1 日成立以来，已走过了六十多年的风雨历程。历史是一面镜子，我们可以从多视角、多侧面对其进行解读。然而有一点是可以肯定的，那就是，半个多世纪以来，在中国共产党的领导下，中国的政治、经济、军事、外交、文化、教育、科技、社会、民生等领域，都发生了深刻的变化，中国人民站起来了，中华民族已屹立于世界民族之林。

　　这段时间放到整个历史长河中是短暂的，有如弹指一挥间，但它带给中国的却是极不平凡的。六十多年里神州大地经历了沧桑巨变。从开国大典到 60 年国庆盛典，从经济战线上的三大战役到经济总量居世界前列，从对农业、手工业、资本主义工商业的三大改造到社会主义市场经济体制的基本确立，从宜将剩勇追穷寇到建立了强大的国防军，从废除一切不平等条约到独立自主的和平外交政策，从"双百"方针到体制改革后的文化事业欣欣向荣，从扫除文盲到实施科教兴国战略建设新型国家，从翻身解放到实现小康社会，凡此种种，中国人民在每个领域无不留下发展的足迹，写就不朽的诗篇。

　　六十几年在历史的长河中犹如沧海一粟，但对身处其间的个人却是并非无足轻重的。其间究竟发生了些什么，怎样发生的，过程怎样，结果如何，非人人都清楚知道的。对此，亲身经历者或可鲜活如昨，但对后来者却可能只是一个概念，对某段历史的记忆影像或不存在或是模糊的。基于此，为了让年轻人，特别是青少年永远铭记共和国这段不朽的历史，我们推出了这套《共和国的历程》。

《共和国的历程》虽为故事形式，但与戏说无关，我们是想借助通俗、富于感染力的文字记录这段历史。这套丛书汇集了在共和国历史上具有深刻影响的重大历史事件。在丛书的谋篇布局上，我们尽量选取各个时代具有代表性的或深具普遍意义的若干事件加以叙述，使其能反映共和国发展的全景和脉络。为了使题目的设置不至于因大而空，我们着眼于每一重大历史事件的缘起、过程、结局、时间、地点、人物等，抓住点滴和些许小事，力求通透。

历史是复杂的，事态的发展因素也是多方面的。由于叙述者的视角、文化构成不同，对事件的认知或有不足，但这不会影响我们对整个历史事件的判断和思考，至于它能否清晰地表达出我们编辑这套书的本意，那只能交给读者去评判了。

这套丛书可谓是一部书写红色记忆的读物，它对于了解共和国的历史、中国共产党的英明领导和中国人民的伟大实践都是不可或缺的。同时，这套丛书又是一套普及性读物，既针对重点阅读人群，也适宜在全民中推广。相信它必将在我国开展的全民阅读活动中发挥大的作用，成为装备中小学图书馆、农家书屋、社区书屋、机关及企事业单位职工图书室、连队图书室等的重点选择对象。

编　者
2014 年 1 月

目 录

一、中方释放战俘

毛泽东回电同意释放战俘/002

释放首批战俘/007

释放战俘收到极好效果/010

战俘的日常生活/015

坚持日内瓦战俘公约/023

二、讲和平讲人道

严格执行宽待俘虏政策/028

举行战俘营"奥运会"/034

善待留下来的战俘/039

三、美军虐俘暴行

揭露和谴责美军虐待战俘/050

严厉批驳美方的"视察"报告书/055

"我一定要见总管当面谈"/060

抗议美方对战俘犯下的种种罪行/064

张泽石协助查明自杀案真相/068

四、战俘营的斗争

孙振冠传达党支部的决定/074

目 录

升起五星红旗/079

扣留美军准将杜德/085

召开朝中战俘代表大会/090

离开"战犯营"回国/095

五、谈判中的较量

双方交换战俘有关资料/102

中方新方案遭无理阻挠/106

揭露美方拖延谈判的图谋/110

一动不如一静/114

停战谈判达成协议/116

一、 中方释放战俘

- 毛泽东致电彭德怀："你们释放一批敌俘很好，应赶快放走，尔后应随时分批放走，不要请示。"

- 杜平强调说："司东初同志，你们不但要注意自己的安全，而且要保证俘虏的安全。"

- 毛泽东说："你们释放美俘的行动，已在国际上收到极好的效果。"

毛泽东回电同意释放战俘

1950 年 6 月 25 日，朝鲜战争爆发。之后不久，国际社会便开始谋求和平的努力。

1950 年 7 月初，英国提出关于朝鲜停战的第一个方案，建议由包括新中国政府在内的五大国代表参加的联合国安理会讨论朝鲜的停战与和平问题。

8 月 24 日，周恩来致电安理会主席马立克及联合国秘书长赖伊，代表中国政府向安理会"提出控诉和建议"。致电称：

> 联合国安全理事会有义不容辞的责任，来制止美国政府武装侵略中国领土的罪行，并应立即采取措施，使美国政府自台湾及其他属于中国的领土完全撤出它的武装侵略部队。

8 月 27 日，周恩来再次致电安理会主席马立克及联合国秘书长赖伊，指出美国侵略朝鲜军队的军用飞机侵入中国领空扫射我建筑物、车辆，使中国人民多人伤亡，要求安理会制裁美国侵朝军队，并使美军撤出朝鲜。

8 月 29 日，安理会主席、苏联代表马立克根据周恩来 8 月 24 日的电报，以"中华人民共和国中央人民政府关于美国政府武装侵略中国领土以及违反联合国宪章的声明"为题，设为安理会临时议程。

美国代表不同意并提出，若改以"关于台湾的控诉案"为题，美国将同意这项议程。

9月15日，在美英两国300多艘军舰和500多架飞机掩护下，美军第十军团成功登陆仁川，从朝鲜军队后方突袭，切断朝鲜半岛的腰部一线，迅速夺回了仁川港和附近岛屿。

在入朝作战初期，志愿军根据解放战争中与国民党军队作战的经验，为了瓦解美军士气，宣扬我军政策，曾经数次释放战俘。

为了从政治上保证战役的胜利，志愿军政治部做了许多准备工作。

1950年11月8日，志愿军政治部下发《朝中反击战役胜利宣传教育大纲》，宣传了反击战的胜利及其重要意义，指出朝鲜战争是艰苦的，不能有轻敌急躁、侥幸麻痹的心理，为迎接第二次战役做了思想准备。

11月24日，即第二次战役前夕，下发《政治动员》电，指出东西战场"联合国军"正向我逼近，我为诱敌深入已作出周密部署，望全军同志在战斗中勇敢机智，不错过任何可以歼灭"联合国军"的机会，实现歼灭"联合国军"的计划，开展立功竞赛，鼓舞了士气。

在所有的准备工作中，收效比较直接、明显，影响最大的，是释放"联合国军"战俘的工作。

中方释放战俘

那是 1950 年 11 月 17 日，中国人民志愿军党委常委、政治部主任杜平向彭德怀汇报志愿军政治工作会议的情况，着重向他汇报战俘问题和对开展"联合国军"工作的一些想法。

彭德怀听完杜平的汇报，问道："能不能挑些战俘放回去？"

"放少了恐怕影响不大，是否多放一些？"

"好！能多放就多放一些。"彭德怀果断地说。

在国内战争中，释放战俘是家常便饭，用不着向上级请示报告。但现在是在国外，情况变了，我军历史上还没有可以仿效的先例。

在朝鲜，不仅是打军事仗，而且也是在打一场政治仗。考虑到释放战俘可能会产生各种不同的国际影响，将来交换战俘怎么办？

为使"联合国军"了解志愿军的俘虏政策，又必须快放，思来想去，主意难定。因此，杜平向彭德怀建议说："这件事关系重大，要不要请示一下？"

彭德怀思考片刻后，指示说：

你再考虑细一点，写个电报向中央军委报一下。这件事，你负责把它办好！

杜平当天就草拟了电报，经彭德怀审阅后上报军委。

电文如下：

军委：

　　我们拟下一战役前，释放 100 名美、李伪俘虏，其中美俘 30 名，伪俘 70 名，以扩大我军优俘政策，打破"联合国军"怕杀心理，并准备 19 日夜，由前方阵地送出。

　　是否可以？请速示。

彭德怀

邓华

杜平

11 月 18 日 9 时，彭德怀收到毛泽东的回电：

　　你们释放一批敌俘很好，应赶快放走，尔后应随时分批放走，不要请示。

　　彭德怀看完电报后对杜平说："不要等到明天了，今天晚上就放，越快越好！"

　　杜平有些疑惑地问："今天就放？"

　　"对！现在是争取时间。"彭德怀肯定地说，"有个问题不知你想过没有？你们上月 23 日入朝时，军委和毛主席来电说：各部派遣远出之侦察部队，均要伪装朝鲜人民军，而不要称中国人民志愿军。为什么？迷惑敌

中方释放战俘

人嘛！"

杜平一下子明白了彭德怀的意思。

接着，彭德怀风趣地说：

> 可以告诉俘虏，我们粮食供应困难，没有吃的，恐怕要退回中国。美国官员们不是说，志愿军入朝不过是为了拆除鸭绿江水电站的设备，"大捞一把"吗？不是说他们的空军很厉害，把我们的后方运输和交通完全瘫痪起来了吗？我们就要适应美军的这个愿望，来一个就汤下面嘛！

杜平望着彭德怀，会心地笑了。

释放首批战俘

1950 年 11 月，美国空军根据"联合国军"总司令麦克阿瑟的命令，正在进行为期两周的最大规模的轰炸。朝鲜上空每天都有美军的飞机来回侦察，轮番轰炸，公路沿线更是美机轰炸的主要目标。

为了圆满完成释放战俘的紧急任务，杜平想到了组织部科长司东初和驾驶员王大海。

司东初原是东北军政大学三支队九大队队长，1947 年 7 月调到东北民主联军政治部工作。在辽沈战役、平津战役中，他参加前线指挥工作，杜平曾派他负责押送东北"剿总"副总司令范汉杰、天津守备司令陈长捷等重要战俘，均办得很出色。

这次首释战俘，事关重大，杜平又想到了司东初。他责任心强，又懂英语，派他去执行这个紧急任务，是比较合适的。

王大海是政治部最优秀的驾驶员。他在解放战争中就给杜平开车，不但技术娴熟，而且头脑冷静，胆大心细，曾经多次执行过紧急任务。派他去执行这个任务，杜平比较放心。

杜平派警卫员把他们两个找来，当面交代任务。

杜平向司东初和王大海说明了任务的紧迫性和白天

行车的危险性，强调说：

> 司东初同志，你们不但要注意自己的安全，而且要保证俘虏的安全。要注意挑选那些受轻伤后经过治疗，已快痊愈的战俘。最好能搞个欢送仪式。然后派车况较好的大卡车，把他们送到云山前线。我马上跟那里的部队打电话联系，请他们选择好释放地点。你要负责到底，看着俘虏放走以后才能回来。相信你一定能很好地完成这个任务！

11 月 18 日的下午，黑黝黝的密云盖在天空，一阵阵的细雨卷着初冬的寒风，吹得落叶树的枝杈瑟瑟发抖。当时，厮杀的战场呈现着一片寂静。

在通往云山地区的公路上，只有王大海这辆车在行驶。司东初后来对杜平说：

> 王大海表现非常好。我们一路飞车，全速前进。途中有时遇到敌机纠缠，王大海灵活机智与敌机周旋。看到敌机开始俯冲时，汽车或者一个急刹车，或者一个急转弯，就把它甩掉了。敌机曾经几次盯着我们盘旋，机枪不断地疯狂扫射，子弹嗖嗖地穿过，打在距身边不远的土里，还投了炸弹，就是打不着我们。

司东初来到战俘收容所，挑选了 103 名俘虏，有美军俘虏 27 人。其中，美骑兵第一师第五团 1 人，第八团 21 人，美第二十四师 4 人，美化学迫击炮团 1 人。南朝鲜军俘虏 76 人。其中，南朝鲜军第六师 54 人，第八师 22 人。

战俘收容所的人员对这些战俘进行了简短的教育，让他们理了发，洗了澡，换了新衣服，发了路费。晚饭时特意给他们加了几个菜，还召集该所全体战俘开了欢送会。

释放时，司东初通过翻译对战俘说："你们万一过不了美军的警戒线，还可以回来，我们志愿军欢迎！"

许多战俘当即伸出大拇指高声喊："OK！"有的感动得流着眼泪说，感谢中国人民志愿军救了他们的命，并一再发誓：

> 我们永远忘不了志愿军的大恩大德，从今以后再也不与志愿军为敌了！

司东初和王大海于当天深夜赶回总部，向杜平作汇报。

为了表彰王大海在这次释放战俘中圆满完成任务的功绩，志愿军政治部给他记了一次大功。

释放战俘收到极好效果

1950 年 11 月，志愿军首释战俘一事，在国际舆论界很快就引起强烈反响。

11 月 23 日，美联社记者怀特亥和白伶丝在报道中承认，被释放的美国俘虏说，中国人民志愿军"待他们很好"。他们得到和中国人民志愿军一样的口粮。志愿军曾用他们有限的设备治疗这些伤兵。

报道还说：

> 中国人不搜美国士兵的口袋，并且让他们留着他们的香烟、金表和其他私人的东西。

关于我军宽待战俘真相的一些片断报告，引起美国军事当局的极大恐慌。他们急忙封锁消息，并对被释俘虏加以监视。

据美联社称：

> 报界的代表们被禁止访问被释放俘虏或向其摄影，所有军官都奉命不得泄露关于释放的消息，只说这是"极端秘密"。

法新社也称：

　　俘虏的释放使麦克阿瑟下面的一些部门极度的不安。他们确实把消息扣压了38小时，美国新闻处甚至要求禁止发表最有意义的详细情况。美国的通讯社的首脑们尽量把这说成一件小事……另一方面，这27个美国战俘走到任何地方，都有一个美国将军和3个上校陪着，好像是非常照顾他们似的。

　　很显然，这些战俘回去仅仅因为说了一些实话，已被美国军事当局剥夺了自由。

　　尽管美军当局企图封锁消息，并且不久就把这批美俘送回美国本土，但我军的宽俘政策还是不胫而走，在美军中迅速传播开了。

　　在第二次战役中，志愿军在军事压力下，积极对"联合国军"开展政治攻势，与"联合国军"进行火线谈判，有百人以上的美军集体向我军投降。

　　11月30日黄昏，寒风呼啸着，美、南朝鲜军200多人和75辆汽车及坦克，被我军堵击于乾磁开地区，北援不得，南逃无路。在我军的政治攻势下，他们派来4个军官谈判投降问题。

　　这4个人当中有一个南朝鲜军军官，他是这次谈判的翻译员。谈判在一边笔谈，一边打手势中进行。

中方释放战俘

美军提出四个要求：一是不杀他们，保证生命安全；二是将来释放他们回国；三是让他们吃饭、休息和睡觉；四是让他们很快和家人通信。

当志愿军指挥员阐明俘虏政策，并说明战争结束后送他们回国以后，有美陆战第一师中校一名、少校两名，美、英、土耳其官兵179名，南朝鲜军53名，日本人3名，蒋军特务两名，带着汽车和坦克前来投降。

其中有一群美国士兵，胸前挂着空枪套，举着双手，走过来的动作像出操一样整齐。志愿军战士笑着说："美国兵的投降动作都是受过训练的。"

另一起美方集体投降事件是由美国黑人组成的一个工兵连，有120多人。

志愿军首释战俘的行动，得到了毛泽东的鼓励。他在11月24日的来电中指出：

你们释放美俘的行动，已在国际上收到极好的效果。请准备于此次战役后再释放一大批，例如三四百人。

根据毛泽东的指示精神，志愿军进一步加强对"联合国军"工作。在志愿军政治部增设"联合国军"工作科，隶属宣传部，后来又扩编成"联合国军"工作部，颁布了严格遵守宽俘政策的命令，对执行宽俘政策好的单位和个人进行了奖励，对违犯宽俘政策的进行了耐心的说服教育，情节严重的酌情给予处分。

通过这种以分清是非、晓以利害、严明赏罚为内容的宣传教育，使志愿军广大指战员做到了对战俘不打、不骂、不杀、不侮辱人格、不搜查属于私人的物品。用当时战士的话说，就是做到了"眼不红，手不动，俘虏人格要尊重"。

志愿军对"联合国军"工作的加强，扩大了我军在美军士兵中的政治影响。美军陆军宣传处也不得不承认：我军的宣传"涣散了士兵的战斗情绪"，"共产党会洗脑筋"。

美军的士兵们由开始怕当俘虏，到后来认为"当俘虏比作战安全"。

在战俘营，许多被俘的美军士兵和军官说：

> 在战场上，我们打伤了志愿军，是因为不懂志愿军对一切战俘采取人道主义的宽大政策。被俘后才知道你们是真正爱和平的人，你们最讲战争道德，当了你们的俘虏，未被你们打死，反而被像好朋友似的招待着，睡热炕，给香烟，发糖果，有报看，病者治疗……特别是在你们有时一天只吃一顿苞米或土豆的困难情况下，还把大米节省下来给我们吃。你们的人道主义精神，是世界上最好的、真正的人道主义，使我们忘了自己是一个俘虏。

中方释放战俘

从第二次战役首释战俘之后，遵照毛泽东和彭德怀的指示，志愿军政治部在各次战役中又陆续释放了几批战俘，均收到了良好的效果。

志愿军释放第二批战俘是在汉江前线，共释放了 132 人，其中美籍 41 人、英国籍 5 人、澳大利亚籍 3 人、南朝鲜军 83 人。

在释放前，志愿军管理战俘的部门特地为他们举行聚餐和欢送会。被释放的俘虏说：

> 中国人民志愿军这种对战俘的不杀、不辱、不搜腰包的宽大待遇，和生活上、医疗上照顾的人道待遇，同美国侵略军和李承晚南朝鲜军屠杀战俘的罪行恰成一个极鲜明的对照。

战俘们表示回去以后决不再替华尔街大亨们和李承晚当炮灰了。

中方宽待俘虏政策，不仅体现出了志愿军的仁义，受到国际舆论的好评，而且为瓦解"联合国军"并最终取得战争的胜利创造了条件。

战俘的日常生活

1950 年到 1951 年，中方释放大批战俘、优待战俘的政策受到国际舆论的普遍好评。

当时，在战俘营里，还发生过很多有趣的事情。

CHIKOMI 是日裔美国人，二战时曾在美军服役。朝鲜战争爆发后参军被分到美二师，在 1951 年秋季攻势期间被朝军俘虏。

战俘营里的美军战俘们平日里都百无聊赖，经常在操场上闲坐。有一天，他们发现志愿军俘管都在打苍蝇，一手拿拍，一手还拿着一个纸袋子，打死的苍蝇都用袋子装起来。

有好奇心重的战俘忍不住上前问个究竟，一位战俘说："嗨，同志们，你们打苍蝇的样子好帅啊，为什么要打呢？"

战俘管理员说："我们伟大的祖国正在开展轰轰烈烈的爱国卫生运动，要把苍蝇这害虫来个斩草除根，到时候中国就会成为世界上第一个没有苍蝇的国家了，我们在国外也要响应祖国的号召嘛。"

战俘又问："那死苍蝇装起来有什么用啊？"

俘管说："用来记工分啊。"

战俘更加好奇了，问道："工分是用来干吗的？"

中方释放战俘

"那用处大了去了。"

"我们也要参加你们的打苍蝇运动，行不行啊?"

俘管迟疑了一下说:"这个我做不了主，得请示我们的领导。"

几天后，战俘营的领导召集战俘们开会。一开始，领导讲话说:

> 我听到反映，有很多战俘表示要参加我们的灭蝇运动，这是进步的表现嘛，说明大家经过学习和教育，思想认识有了很大的提高，能主动向爱好和平的人民靠拢了。对这种进步的表现，我们一向是大力支持和鼓励的。现在，我们经过研究，决定接受你们的进步要求。同时，为了鼓励这些主动要求进步的战俘，我们准备了一个奖励办法。对参加灭蝇的战俘，我们准备用香烟来奖励他们。每打死200个苍蝇，可以得到奖励，增加香烟供应量。要求进步，想参加灭蝇运动的战俘，散会之后去报名领苍蝇拍。每天傍晚也把打死的苍蝇带到那里，我们给你们当场验收兑奖。现在请想参加灭蝇运动的战俘们举手。

会场里立刻举起了很多战俘的手。

很快，战俘们的灭蝇运动就轰轰烈烈地开展起来了。

特别是在茅坑粪池这些苍蝇聚集的地方，挤满了一手拿拍，一手拿袋的战俘。

每天晚上收工的时候，点算苍蝇、发放香烟的办公室门前，捧着装死苍蝇的袋子等候领烟的战俘排起了长龙。负责这项工作的几个看守忙得不可开交，场面的确是很壮观。

有个战俘心灵手巧，他用烂袜子的线编了个网，里面放一点臭烘烘引苍蝇的东西，苍蝇爬进去就出不来了。因此他不费吹灰之力，就能抓到比别人多很多倍的苍蝇。

有这位技术革新能手做榜样，大家纷纷自己动手，各种各样大同小异的捕蝇网纷纷出笼，战俘营的苍蝇已经陷入了战俘们布下的天罗地网。

战俘营里有 1000 多人，有的人不劳而获，偷窃别人的劳动成果。因此大家把网挂出去以后，都会在打苍蝇之余警惕地盯着自己的网，严防有人打自己劳动成果的主意。因为怀疑自己的苍蝇被别人偷了而吵架打架的事常有发生。

一天，CHIKOMI 闹肚子，急不可耐地赶到茅坑，结果发现到处都是捕蝇网，连个能蹲下去的地方都找不到。实在不行，只好把其中一个挪一下腾个位置。CHIKOMI的手一碰网，立马就听到一声怒喝："住手！你小子好大胆，连老子的苍蝇你也敢偷！"

CHIKOMI 吓得差点滚到坑里去。

能换香烟的苍蝇成了战俘营里的硬通货。一些物品交易都可以用苍蝇来标价，还成了赌博的筹码。经常可以看见几个人打完了扑克，输了的人小心翼翼地从纸袋子里往外倒苍蝇，一边倒一边数。还可以听到例如"嗨，你小子还欠我 500 只苍蝇，打算什么时候还？"的话。

战俘们打苍蝇的热情越来越高，因为数苍蝇实在是太麻烦，志愿军看守便公布了一个新的验收办法，不数了，按重量算，办公桌上也放了几副天平来给上交的死苍蝇称重量。

按重量算，问题就来了：死了的苍蝇水分会蒸发，放一天之后重量损失不少。为了给自己的劳动成果保值，战俘们想了不少办法，最常见的就是用一块湿了的破布把苍蝇们的尸体给裹起来。

有一位少校跟 CHIKOMI 很熟，是个捕苍蝇的能手。这位少校向 CHIKOMI 透露了他的秘密：他在苍蝇里面做了手脚。

原来，这位少校先是把旧的牙膏皮剪碎，然后小心翼翼地把这些碎铝片塞到那些大头苍蝇的肚子里，把加工过的死苍蝇混进一大堆苍蝇里面交上去，当然就能比别人换到更多的香烟。负责验收的人虽然觉得奇怪，但是也从来没有想到苍蝇是做了手脚的。

当然，由于战俘营里的人员比较杂，偶尔也会有冲突发生。不过，志愿军管理有方，冲突最后都化解了。

战俘营里还发生了不少新鲜事，让俘管团的工作人员想都没想到。美国战俘和土耳其战俘打群架的事便是一例。

那是在抗美援朝后期的一个冬天，位于鸭绿江南岸的平安北道碧潼郡的志愿军战俘管理团里忽然传来怒吼声。值勤的战士迅速跑过来一看，原来是几十名战俘在打群架。一方是土耳其战俘，一方是美军战俘，双方乱糟糟的，有不少人已经滚在地上掐成了一团。

虽然美国人人多势众，但气势明显不敌怒气冲冲的土耳其人，有好几个美国俘虏被打得很惨。

双方被志愿军俘管团工作人员拉开。接着，工作人员对参与者进行审问，但双方都不肯说出原因。管理人员觉得事情有些蹊跷，因为以前由于宗教信仰、饮食习惯不同，美军战俘与土耳其战俘也曾打过架，但原因清清楚楚。

于是，俘管团政委集合战俘开大会。他在会上严肃地说：

> 今天发生的事情，当事人必须交代违纪经过和原因。我们的政策是坦白从宽，抗拒从严。为了维护战俘营的良好秩序，纠正不良风气，也为了你们的切身利益，我们一定要查清这件事情，不达目的，决不罢休。

俘管团政委以往做工作，对战俘们都是晓之以理，动之以情，很少像这次这样动怒。战俘中没有参与打架

中方释放战俘

的，当场就有人很配合政委的工作。几名战俘嚷嚷道："谁干的坏事应当有勇气站出来！""要像个男子汉！""不要连累大家……"但参与打架的双方仍然一声不吭。

参与打架的美国战俘鲍比把政委的讲话记在心上。鲍比是法裔美国人，本是个坦克兵，在云山战场被俘时才19岁。他头发金黄色，身材矮胖，性格活泼，红红的脸颊上布满雀斑，脸上还带着一处白天被打的伤痕。

晚上，他找到战俘中队的志愿军外语翻译，揭开了大家沉默背后的秘密："你们想象不到吧，你们管理的战俘营中，竟会有贩毒者和吸毒者。"

"贩毒？吸毒？"翻译大惊失色。鲍比接着说："是的，有人贩毒，就会有人吸毒……"鲍比觉得自己的叙述颇具悬念，便故意卖起了关子。

"谁贩毒？谁吸毒？"在翻译的紧紧逼问下，鲍比道出了原委。

原来，土耳其战俘向美国战俘贩卖毒品。美国战俘上瘾后，不少人把原来带在身上的钱全花光了，结果成了"老赖"。

土耳其战俘催债不成，便拳脚相加。美军战俘转而反击。因为贩毒的和欠毒资的人都不少，场面立刻演变成了打群架。美军战俘理亏，打架时也就多吃了些亏。

中方翻译立即追问是谁在贩毒。鲍比坚决地表示："我参加了吸毒，我有错。至于谁贩毒，对不起，我不能说。我在毒品成交时，向卖主发过誓，决不出卖他。"但鲍比表示："我来向你们认错，是因为我明白了这事不体面，即使在美国，政府也是禁止吸毒的。你们追查这件事，对我也有好处。"

鲍比的揭发震惊了俘管团的领导，因为战俘们入营时，所带物品都经过仔细的检查、登记，虽然也有人带着毒品踏进战俘营，但都被没收了。而且志愿军的俘管营绝对禁止战俘吸毒。

经过深入了解，俘管团从鲍比提供的一撮干枯了的植物叶子入手，开展案情调查。他们发现，这种植物叶子是当地山上一种叫作野大麻的毒品，晒干后当香烟抽，可以产生迷幻效果。

为了烧炕取暖和做饭，俘管团组织全体战俘每周上山打一次柴。土耳其战俘是在打柴的时候弄到野大麻的。

上山打柴这样的机会，战俘们都当成远足旅游，非常高兴。美国战俘嘴馋，钻进山林里不爱干活，经常遍地寻找各种野果塞满口袋，一回营区就用石块架起小炉灶，并拿空罐头盒熬成果酱用来涂馒头吃。

土耳其战俘总是踏踏实实地干活，一人扛一二百斤柴禾，走在崎岖的山道上，鼻子里哼都不哼一声。而许多美军战俘肩上扛一根二三十斤重的枯树干，还得光着脊梁，把脱下的上衣垫在肩膀上嗨唷嗨唷地扛回去。

不过，土耳其战俘中的几个人打柴不专心。一到山上，他们总是花很多时间寻觅和采集野大麻枝叶，带回营区晒干收藏。有人问他们，他们就回答说是用来治疗

中方释放战俘

毒虫咬伤的。

这些土耳其战俘弄来了野大麻，除了自己吸食外，还向美国战俘兜售。但他们却没料到，有些美国战俘吸毒上了瘾，兜里的钞票越来越少，结果因赖账遭到土耳其人一顿猛揍。

情况了解清楚后，俘管团派出几名懂土耳其语的翻译，分别找采集过野大麻的土耳其战俘谈心。

他们明确指出，采毒、贩毒、吸毒是堕落犯罪的行为，俘管团严厉禁止。

几个土耳其战俘非常感动，有的还声泪俱下，当即坦白并交出了剩余的毒品。

最后，俘管团只处分了一名为首的土耳其战俘和一名转手抬价销售的美军战俘，关了他们一周的禁闭，其他人则不予追究。

打群架事件终于平息了下来。

坚持日内瓦战俘公约

1951年5月下旬，毛泽东主持召开中共中央军委会议，研究讨论关于朝鲜战争的战略方针问题。

时任代总参谋长的聂荣臻后来回忆说：

> 第五次战役之后，中央开会研究下一步怎么办，会上多数同志主张我军宜停在三八线附近，边打边谈，争取谈判解决问题。我当时也是同意这个意见的。

6月25日，美国总统杜鲁门在田纳西州发表讲话，表示愿意和平解决朝鲜问题。

6月27日，美国驻苏联大使柯克与苏联副外长葛罗米柯会谈，确认了苏联政府关于停战的建议。

6月底，周恩来点将，指定外交部副部长李克农和乔冠华参加朝鲜停战谈判。

7月5日上午，中国代表团到达平壤，在中国驻朝鲜大使倪志亮和政务参赞柴成文陪同下，李克农、乔冠华会见金日成首相，双方商量中朝代表团的组成。

1951年7月10日10时，在全世界舆论的关注下，朝鲜战争停战谈判在开城来凤庄一间长18米、宽15米的厅堂里正式举行。国际上许多报刊、电台都突出地报道了这一惊人的消息。

1951 年 12 月，朝鲜战场停战谈判开始讨论关于遣返战俘的问题。

在谈判中，中方谈判代表团很快阐明了自己的立场，按照《关于战俘待遇之日内瓦公约》中规定的办，即：

> 战争结束后应该毫不迟延地释放和遣返战俘。

《关于战俘待遇之日内瓦公约》是 1949 年 4 月 21 日至 8 月 12 日签署公约之各国政府全权代表，出席在日内瓦举行的外交会议上签订的，修订了 1929 年 7 月 27 日在日内瓦订立的关于战俘待遇公约，并决定于 1949 年 8 月 12 日颁布。

《关于战俘待遇之日内瓦公约》共有 143 条正文和 5 个附件。公约针对第二次世界大战期间德日法西斯虐杀战俘的暴行，详细规定了保护战俘和战俘待遇的原则和规则。

"公约"的主要内容包括：

> 战俘是处在敌国国家权力管辖之下，而不是处在俘获他的个人或军事单位的权力之下，因此拘留国应对战俘负责；战俘在任何时间均

需受人道的待遇和保护，不得对战俘加以肢体残伤或供任何医学或科学试验，不得使其遭受暴行或恫吓及侮辱和公众好奇心的烦扰，禁止对战俘施以报复措施；战俘的自用物品，除武器、马匹、军事装备和军事文件外，应仍归战俘保有；战俘的住宿、饮食及卫生医疗等应得到保障；对战俘可以拘禁，但除适用的刑事和纪律制裁外不得监禁；纪律性处罚绝不能非人道、残暴或危害战俘健康；不得命令战俘从事危险性和屈辱性的劳动；对战俘不得施以肉体或精神上的酷刑或以任何其他胁迫方式来获得任何情报；战事停止后，应立即释放或遣返战俘，不得迟延。在任何情况下，战俘均不得放弃公约所赋予的部分或全部权利等。

除此之外，公约要求各缔约国制定必要的法律，对犯有或指使他人犯有严重破坏条约行为的人员，处以有效的刑事制裁。

当时，美方代表虽未公开反对中国和朝鲜的立场，却在心里打着小算盘。

美国国务卿艾奇逊后来在回忆录里说：

如果把包括投降在内的战俘送回"铁幕"，将来发生大战，无人逃亡。而且，战俘一旦不

中方释放战俘

再回到共产党阵营"是对共产党有威慑作用"的。

美方不愿意遣返战俘,还有一个重要原因,就是要把这些人补充到南朝鲜李承晚和台湾蒋介石反动军队里去,以加强他们的兵力。

随着谈判形势的转变,中方意识到,谈判过程中的真正绊脚石是战俘问题,这是中朝方面始料未及的。

早在入朝作战初期,志愿军根据解放战争中与国民党军队作战的经验,为了瓦解"联合国军"士气,宣扬我军政策,曾经数次释放战俘。

当时,毛泽东批准了这种做法。停战谈判开始后,中朝方面仍不认为战俘问题会成为谈判的障碍,而指望这一问题会迅速得到解决。

实际上,优待战俘一直是中共中央的一贯政策。

早在井冈山时期,毛泽东就为我军规定了宽待俘虏的政策。多少年来,这一政策一直是我军政治工作的一项重要内容。

在漫长的国内战争和抗日战争中,我军的宽俘政策在敌军中有着良好的声誉和明显的效果。

二、 讲和平讲人道

● 张景华说："你们对俘虏讲宽大，虽然吃了亏，但是我相信，你们的行动肯定会产生好影响的。"

● 王央公致辞说："和平是必需的和最基本的，未来终将属于和平。"

● 周恩来亲自批示："要加强战俘的营养，采取急救措施。"

严格执行宽待俘虏政策

1951 年 4 月，第五次战役打响，中国人民志愿军和朝鲜人民军先后投入数十万大军，虽然取得了歼灭"联合国军"及其南朝鲜军 8.2 万余人的巨大胜利，但未能达到预定的战役目标，打了个击溃战，没有歼灭"联合国军"完整建制的大部队。

当志愿军随身携带的粮弹耗尽而主动北撤时，替代麦克阿瑟接任"联合国军"总司令职务才 42 天的李奇微，看准志愿军因补给困难而无法持续作战的弱点，调集 13 个精锐师的兵力，用摩托化步兵、炮兵、坦克兵组成"特遣队"，沿公路线向后撤中的志愿军穷追猛打，并截断了部分志愿军队伍的归路，使志愿军一度陷入前所未有的被动境地。

5 月下旬，志愿军终于顶住美军的大规模反击，稳定了战线。

一天，在东部战线金化附近的一处密林中，一支后撤下来的战斗部队与第九兵团前线指挥机关宿营在一起。

刚刚经历过浴血鏖战和长途行军的指战员们，衣着褴褛，筋疲力尽，有的在裹伤，有的不顾野地上满是露水，倒下就呼呼大睡。

第九兵团政治部宣传部长张景华急于了解作战部队

在撤退中的思想情况，带着志愿军第九兵团政治部宣传部摄影员、摄影记者边震遐找到了这支部队的干部。

张景华让边震遐临时为他作记录。同他们谈话的有两个人，一个是副营长，一个是教导员。张景华开门见山地问："这次战役打得不理想，同志们有什么想法？对上级机关有什么意见？"

两位指挥员沉默着，谁也不愿先开口。不开口就要打瞌睡，他们实在太困了，只好强打精神睁开眼睛。

"你们营作为师的尖刀部队，打得非常出色嘛！"张景华鼓励道，"当然，这仗打得很艰苦，很残酷，正因为这样，我们才需要调查各种情况，很好地总结经验教训。"

谈到俘虏的问题时，副营长说："咱们的俘虏政策，实在叫人想不通……"

接着，教导员说："我们营是头一批渡过江的。一过江就按照预定路线向南猛插，一路上势如破竹。敌人毫无思想准备，一顿狠打他们就溃不成军。团里给我们营配了一名英语翻译，两名朝鲜语翻译。只要用英语或者朝语喊一通话，告诉他们已经被包围，缴枪不杀，晕头转向的美国兵和李承晚南朝鲜军就会丢下武器跟着咱们走……"

"跟着咱们走怎么行？"副营长又插上了话，"穿插任务时间紧迫，一分一秒都耽误不得，带着俘虏就会捆住手脚。当时有好些班排干部都主张就地处决他们。因为

讲和平讲人道

029

这些敌人暂时给打蒙了，并不是真心想投降，一看咱们的后续部队没上来，不是逃跑，就会操起家伙再跟咱们干。"

"事实正是这样！"教导员一脸悲愤地讲起了事情的缘由：

我和营长也曾经有过这样的念头，怕留下他们会招祸。可是，想到俘虏政策，想到战场纪律，咱们一点都不敢含糊：不打，不骂，不杀，不侮辱人格，不搜腰包，坚决按照政策要求办。我们让放下武器的敌人集中起来，点过数就让他们自动往北走，遇到志愿军的大部队再接受统一收容，负伤的俘虏也给包扎安顿好。他们丢下的枪炮没法带，我们就把枪机、弹梭和炮栓卸下丢进山沟里，想等到打完歼灭战以后再来收拾。哪里会料到我们的主力部队给敌人堵在半道上，不能按时完成对敌人的合围，结果这些俘虏一个也没有带出来。那天拂晓，在穿插路上最后一次战斗中，有20多个美国兵刚放下武器向后转，不知道他们又从哪里搞到一批枪支，返回头来撵着我们的屁股打，我们营长就是给他们打死的。天亮之前如果不占领预定高地就要误大事，我们又不敢恋战，大伙儿气得嗷嗷叫，悔不该对这批混蛋手下留情！

张景华叹了口气说："要是能抽几个战士押送一下就好了。"

副营长解释说：

> 我们营在强渡昭阳江的时候伤亡不小，一路上又不断减员。作为尖刀部队的战士，一突入敌后，个个都成了过河卒子，这样的精兵一人顶10人，个个得当车马炮用，怎么抽得出来让他们去押俘虏？

"这话就说得不够全面了。"张景华摇摇头，表示异议，"制定政策是从大局利益和长远利益出发的，执行政策必须有坚定性。碰了钉子出了纰漏可以分析研究找原因，但不能怀疑政策；你们对俘虏讲宽大，虽然吃了亏，但是我相信，你们的行动肯定会产生好影响的，至少敌人说我们抓了俘虏就杀的谣言，就会不攻自破。"

两位指挥员沉默了，看不出他们是服从了张景华部长的劝导，还是在继续憋气。

"还没有想通吗？"张景华追问了一句。副营长依然不说话。

"首长放心！"教导员说，"不管想不想得通，反正往后再碰上这样的情况，照样执行命令就是了。"

整个第五次战役，分前后两个阶段，志愿军和朝鲜人民军实际动用兵力达 11 个军 4 个军团。如果担任穿插任务的部队以每个师一个营估算，大约也有几十个营。这些尖刀营大部分都抓到过俘虏，但大部分俘虏都没有带下战场。

所以第五次战役中虽然捕获俘虏很多，但其中有相当一批实际上等于就地释放，送还给了美军和南朝鲜军。有的俘虏归队后甚至隐瞒了这段经历，继续拿起武器跟志愿军作战。

在这批人中间，有些在往后的战斗中，又一次成了志愿军的俘虏。第二次当俘虏，比第一次当俘虏的自觉性就要高得多了，因为他们确信志愿军不会杀害他们，也不会虐待他们。

志愿军始终严格地执行着宽待俘虏的政策，但要执行者完全想通这一政策的绝对正确性与必要性，却并不容易。

1953 年 3 月的一个夜晚，美军一个侦察小组想来捕捉志愿军的哨兵，遭到痛击后丢下一名重伤员，其余的人狼狈逃回。

第二天晚上，志愿军就将这名经过包扎的伤俘送回到了敌人阵地前沿。美军接回这名伤员后，通过阵地广播站用华语播了一条"新闻"：

> 联军在前沿缓冲区内运回了被共军送还的联军重伤士兵一名。

这样的事，连李奇微这位"联合国军"总司令也深感新奇，颇为欣赏。只是当他在位之时不便公然说出口，直到朝鲜停战 14 年后才写进了他的回忆录：

中国人甚至将重伤员用担架放到公路上，而后撤走，在我方医护人员乘卡车到那里接运伤员时，他们也没有向我们射击。

李奇微在同一本书中还写了这样一段话：

如果说我们的国家进行过的战争中，有一场可以称得上不为人所理解的战争，那么朝鲜战争便是这样的战争。

从这一段话里，可以看出在朝鲜战场上美军不可能对战俘采取明智政策的根本原因。

与美军形成鲜明对照的是，中国人民志愿军在执行俘虏政策时，对美军官兵或擒或纵，都是那么光明磊落，无可指责。

这是正义之师的特有优势和自豪，任何不义之师都将自叹不如而无法效仿。

讲和平讲人道

举行战俘营"奥运会"

1952 年 11 月，为让美、英等国人民知道战俘生活的真相，让全世界都知道战争的真相，知道中国军队是一支正义之师和文明之师，由东北军区政治部敌工部部长王央公带领一批干部赴朝组成俘管处领导机构。

11 月 15 日至 11 月 26 日，中国人民志愿军俘管处从全部 6 个战俘营的 1.3 万多名战俘中，选拔出 500 名优秀选手，举办了一次史无前例，极其特殊，别开生面的"中国人民志愿军碧潼战俘营奥林匹克运动会"。

参赛运动员的国籍众多，分别属于美、英、法、加、哥、澳、南朝鲜、菲、土、荷、比、希、墨和波多黎各等 14 个国家和地区。

运动会的形式完全是仿照国际奥林匹克运动大会模式来组织的。运动队按营地划分，在运动衣上写着英文"CAMP"，即营地，并标着从 1 到 6 不同的号码。

当天，朝鲜民主主义人民共和国碧潼郡，城里到处被装点得如同节日一般，竖起了饰有标语的拱门，迎风招展的彩旗与山间的红叶交相辉映。

大家聚集在街道上欢笑着、谈论着，翘首以盼。大幅的标语"运动会是通向友谊之路"和"和平，是所有人的目标"异常醒目。

排成方阵的运动员们手里举着鲜艳的旗帜进入运动场。运动员们进场接受检阅之后，面对主席台，排列在运动场中心。奥运旗帜飘扬在赛场上。

开幕式既隆重又庄严。随着大会主席俘管处主任王央公、主席团成员和各位嘉宾先后登上主席台，主持人宣布战俘营"奥运会"开幕。

排成方阵的运动员们手里举着鲜艳的旗帜，上面饰有和平鸽符号和序号，迈着有节奏的步伐，一个方阵一个方阵地进入运动场。这些运动员肤色各异，语言不同，但都精神抖擞。

随着乐曲回荡在山谷之中，美国战俘一等兵威利斯·斯通手持火把跑进人们视野。乐队奏起了欢快的《友谊进行曲》，斯通迈着轻快的步伐绕场一周。当他经过主席台时，号角奏起《保卫世界和平》的乐曲。火把被呈递给"奥运会"主席王央公，由他点燃主席台上的火炬。

接着，王央公主任致辞：

为了体育的发展，为了有一个幸福和安全的环境，和平是必需的和最基本的，未来终将属于和平。

随后，运动员举行"奥运会"宣誓仪式，运动员用

讲和平讲人道

中、朝、英 3 种语言宣誓：

> 我们誓以踏实之竞赛精神参加俘管处 1952 年秋季运动大会，愿遵守运动大会的纪律及各项规则，以真正和平友谊的精神参加竞赛。

随后乐队再次奏响《友谊进行曲》，运动员们列队出场，战俘营"奥运会"正式开始了。

运动会的项目广泛，光球类项目就有足球、篮球、排球、棒球、美式橄榄球，再加上"运动大户"田径、体操、技巧、拳击、摔跤等项目，足足有几十项。

在最激动人心的百米赛跑中，20 岁的美国黑人选手约翰·托马斯遥遥领先，竟然跑出了 10.6 秒的好成绩，比当时的世界纪录 10.2 秒只多出 0.4 秒。

曾经在 1949 年参加过美国陆海空三军运动会，并获得百米金牌的诺曼·克劳福德，以 11.6 秒的成绩获得亚军。

整个运动会自始至终，从主持大会、组织竞赛、运动裁判到大会新闻采编、摄影及其他各项服务工作，志愿军一律放手由战俘们具体操办。

美军第二十四师随军上尉摄影记者、美联社的弗兰克·诺尔，经过特别批准，在运动大会上进行摄影。他拍摄的许多精彩镜头，通过板门店停战谈判渠道交给美联社，转发美、英及其他许多国家，在新闻媒体发表后，引起了很大的轰动。

运动大会期间，有 7 个晚上志愿军战俘营文艺工作队和各战俘团、队的战俘们演出精彩的文艺节目，有 5 个晚上放映电影。美军战俘还演出话剧《金色的男孩》，英军战俘演出话剧《哈特雷的假日》。

运动大会期间，伙食也调剂得很好。伙食水平远远高于平时，运动员们吃得香，睡得足。大会期间，每天会餐一次。

一日三餐，都是由战俘推选出的厨师自己精心烹调的。战俘巴贝·狄格罗给报社投稿写道：

> 我们吃的有炸鸡、炸鱼、卷心菜、火腿、色拉、肉包、水果等，还有白酒和啤酒。

比赛结束时，举行隆重的发奖仪式。奖品都是从北京、上海、沈阳等地购买的景泰蓝花瓶、丝质雨伞、檀香木扇子、玉石项链、丝巾和手帕以及其他精美的手工艺品，这些奖品总共花了 6 亿元旧人民币。

每个优胜者都得到了奖品，每个参赛的运动员也都得到了一份纪念品和一枚纪念章。发奖时战俘们的情绪高涨。处处都是欢声笑语，歌声、呐喊声此起彼伏，一浪接着一浪。

德尔马·米勒获得了全能冠军后十分高兴，他在给母亲的信中说：

讲和平讲人道

我在朝鲜志愿军战俘营参加了有10多个国家运动员参加的运动会。这是世界上从来没有过的事。我得了障碍赛冠军、撑竿跳高第一名，还得了全能冠军。我在这里出尽了风头。你们一定为我高兴。我得的许多奖品都是中国精彩的手工艺品，我非常喜欢。我回去时将送给你们，让你们分享我的荣誉。

运动大会的闭幕式是在激动、热情、和谐、友好和欢快的气氛中举行的。许多战俘抑制不住内心的激动，争相登上主席台发表热情洋溢的讲话。

美军战俘威廉·康姆顿在主席台上高声朗诵诗句：

　　为了什么，究竟为了什么，
　　战争依然还在打个不停？
　　为了什么，究竟为了什么，
　　世界的今天，
　　还不见和平战胜？
　　世界呼唤和平，我们不希望战争，但愿这
样的战争场景不再重现！

战俘营"奥运会"的成功举办让来自各国的战俘们感慨万千，甚至改变了一些人的人生轨迹。

善待留下来的战俘

1953 年 7 月 27 日，朝鲜战争结束，美国总统杜鲁门发布一项新政策，允许战俘在"90 天的冷却期"里自己作决定，可以选择回国，也可以选择留在战争所在国，还可以选择去某一个交战国。

当时，有 21 名被中国军队俘获的美军战俘和一名英军战俘宣布拒绝遣返回国，而是选择到中国生活居住。这件事一时间在世界上引起轰动，当时许多美国人指责这 22 名战俘是被共产党"洗脑"的叛国者。

在这 22 名战俘中，有一名叫詹姆斯·乔治·温纳瑞斯的美军战俘一直留在了中国，在山东省济南市生活了50 年，人们都习惯称他为"老温"。

詹姆斯·乔治·温纳瑞斯，1922 年 3 月出生于美国宾夕法尼亚州匹兹堡的一个叫范德格里夫特的小镇上的工人家庭。他的祖父早年从希腊移民到美国，父亲当过煤矿工人和清洁工。

温纳瑞斯兄妹 4 人，他在家排行老大，下面有 3 个妹妹。1929 年，美国发生了经济危机，全家人仅靠他父亲一个人的工资维持生活。经济上就更加困难了，作为家中长子的温纳瑞斯也不得不在上中学时就开始打工以贴补家用。

中学毕业后，为减轻家庭负担，温纳瑞斯跑了好几个州，还是没找到工作，万般无奈之下，他报名参了军。

温纳瑞斯第一次当兵，是在战场上同日本法西斯作战；而他第二次当兵，却被送到了朝鲜战场。

1950 年 11 月 28 日，美军发动"圣诞节结束朝鲜战争的总攻势"。中国人民志愿军将"联合国军"和南朝鲜李承晚军队引诱到预定地区后，发起了第二次战役，"联合国军"和南朝鲜军队战败，四处溃逃。

一天深夜，温纳瑞斯被四面突发的枪炮声惊醒，还没等他反应过来就被志愿军俘虏，被送到朝鲜碧潼第五战俘营。当时，温纳瑞斯来到朝鲜才一个多月。

在抗美援朝战争中，中国人民志愿军俘虏管理人员发扬我军优待俘虏的传统，严格执行日内瓦战俘公约，待战俘如兄弟一般，感化了无数"联合国军"战俘，在世界面前展现了中国人民讲和平、讲人道的博大胸怀。

一提起战俘营，人们往往会想到恶劣的生活条件，阴森寒冷的牢房，战俘们在看守的皮鞭和刺刀监督下从事着沉重的劳役，稍有不顺，等待着他们的便是打骂刑罚，甚至被杀害。

然而，回忆起在战俘营的那些日子，温纳瑞斯则说，他的战俘生活并不像一般人所想象的那样充满了耻辱、打骂和体罚，相反，则是充满了快乐和友爱。志愿军不让战俘干活，也不搜他们的口袋。至于金表等贵重物品，则由管理人员统一登记、管理，等遣返时还给他们。对那些犯了错误的战俘，管理人员也从不打骂，而是采用教育沟通的方法，最多关关禁闭，但决不超过一周。

俘虏营没有铁丝网，更没有当时美国一些媒体说的"密布的电网"。昔日战场上的对手在这里变成了朋友，因此温纳瑞斯认为，他的被俘对他来说并不是一种耻辱，而是他人生中的"解放"。在战俘营中的两年零八个月时光，使他逐渐获得了真理，有了真正的人生理想。

志愿军战俘营是在极端艰苦的环境里，冒着美军飞机不断轰炸袭扰的危险建立起来的。尽管供应补给紧张，前方战士一把炒面一把雪，但在志愿军战俘营里，战俘们的生活仍然不断得到改善。

生活步入正轨后，志愿军俘管当局定出俘虏的伙食标准：

> 每人每天粮食875克，白面、大米取代了初期的玉米、高粱，食油50克，肉50克，鱼50克，蛋50克，白糖25克。普通灶每人每天伙食费1545元（人民币旧币），轻病号灶2313元，重病号灶3634元。

俘虏的这个伙食标准相当于志愿军团以上干部的标准，比志愿军一般干部、战士的伙食标准高出很多。为了照顾俘虏们的生活习惯，俘管局还特地从中国运去面包烤箱。对信奉伊斯兰教的俘虏，还在生活上另有特别的照顾。

长期的战地生活和因为想家带来的思想压力，使不少战俘的健康出现了问题。这一情况经过层层上报，最后到了周恩来那里。

周恩来亲自批示：

> 要加强战俘的营养，采取急救措施。

于是，一批高水平的医生从中国各地来到碧潼，在这里建起了专门的战俘总医院。

温纳瑞斯在战俘营度过了两年零八个月的时间。在这些日子里，他深深被中国人民志愿军的行动、言论所感动。

到了战俘营后，由于美军实施空中"绞杀战"封锁志愿军交通运输线，企图阻止中朝军队的反击，从而给前线部队和战俘的物资供应都带来了极大的困难，志愿军战士每天都在吃玉米、高粱、咸菜。

温纳瑞斯后来回忆说：

> 我们这些吃惯了牛肉、面包、奶酪、巧克力的美国战俘，开始都担心会受罪。然而，我们的担心是多余的，在俘虏营我们生活得非常好。志愿军组织车辆冒着美国飞机的轰炸，从国内运来大米、面粉、肉类为我们改善生活。

志愿军还组织我们开展文体活动，为我们建立了俱乐部、图书阅览室，买来萨克斯管、吉他、钢琴等乐器以及国际象棋、篮球和橄榄球等体育用品。

除此之外，战俘营每半月都有机动放映组为战俘放映中国或朝鲜拍摄的电影。温纳瑞斯回忆说：

> 记得有一个荷兰战俘是个文盲，别人都给家写信他不会写，时常抹眼泪。一位会荷兰语的志愿军军官当了他半年的老师，使他不仅会写信，而且还能写文章。

时间长了，战俘和志愿军战士建立了深厚的感情。一次，朝鲜群众给看管战俘的一位志愿军战士送了一个红苹果，这位战士见温纳瑞斯目不转睛地盯着苹果，知道他想吃水果，便把这个苹果送到他手中。

还有一名志愿军战士领到了一支钢笔，他舍不得用，得知温纳瑞斯喜欢钢笔时，便送给了他。温纳瑞斯一直保存着这支钢笔。

温纳瑞斯抽烟很厉害，不少志愿军战士把自己节省下来的烟送给他抽。温纳瑞斯后来回忆起当时的情景，感慨地说：

讲和平讲人道

可以说，我在俘虏营的那段生活，是非常
快乐的，我深信这支军队是一支文明的军队，
是一支仁慈的军队，是一支得人心的军队。

志愿军还特别尊重不同国家、不同民族的宗教习惯，
使战俘们能过基督教的圣诞节，伊斯兰教的古尔邦节、
开斋节等。尤其是过圣诞节和春节的时候，一连几天战
俘营都处在节日气氛之中。在俘管人员的悉心照料下，
战俘们精神状态很好。

从志愿军战俘营成立之日起，就不断有国际知名人
士、外国社会团体的领导人和新闻记者参观访问。他们
亲眼看到，在志愿军战俘营，没有铁丝网，没有狼狗，
没有炮楼碉堡，除了战俘营大门口有两个卫兵站岗值勤
外，没有大批荷枪实弹的军警到处巡查监视。

这里不分国籍，不分种族，不分肤色，不分宗教信
仰，志愿军对所有战俘均一视同仁，平等对待。

1952 年 5 月，著名的国际和平人士、斯大林奖金获
得者、英国的莫妮卡·费尔顿夫人，在廖承志的陪同下
到战俘营考察，并多次同战俘座谈。她感叹地说：

简直是奇迹！这哪里是战俘营，分明是一
所国际大学校！

费尔顿夫人回国后，著文盛赞志愿军对战俘的人道

主义精神。

1953 年 7 月 27 日，朝鲜战争停战谈判在历时两年后终于达成停战协定。当时，朝中方面共直接遣返了"联合国军"方面被俘人员 1.27 万多人。

21 名美军战俘和 1 名英军战俘宣布拒绝回国，选择在中国生活和工作，这在当时震惊了西方世界。

西方国家舆论认定这是共产党对这些战俘进行"洗脑"的结果，而社会主义国家则宣称，这些战俘选择了和平，选择了社会主义制度。

这 22 名战俘的选择是中国军队俘虏政策的胜利。对于新生的中华人民共和国，这一胜利在精神层面上的价值是难以估量的。

由于有许多美国人指责他们这些战俘叛国，还有些美国人认为在被关押期间，中国军队对他们进行了"洗脑"。温纳瑞斯就此说：

> 我在朝鲜两年零十个月，有两年零八个月的时间是同志愿军生活在一起的。我在美国时过着不能温饱的生活，但在志愿军的战俘营里，我却生活得很好，受到人道的待遇，几乎每顿饭都可以吃到肉类和蔬菜。我和同伴们能和志愿军从战场上你死我活的敌人变为朋友，首先是因为我们从内心里佩服志愿军，感到志愿军确把我们当作朋友对待，是志愿军用实际行动

感化了我们。

温纳瑞斯还说：

我们就想，中国政府对待我们这些敌对国家的战俘都能这么好，对待本国人民就会更加好了，生活在这个国家的老百姓是多么幸福啊！因此我不愿遣返，想去这个国家开始一种新的生活。进入志愿军战俘营，是我一生中的新起点。我选择中国，不是一时的冲动，而是经过深思熟虑的。我希望进一步了解中国，寻求真理。

1954 年 2 月，温纳瑞斯和另外 20 名美国战俘以及 1 名英国战俘一同来到中国，中国政府在北京召开大会，授予他们"国际和平战士"称号。他们随后被送到山西太原集中学习，学习中国历史、社会情况、经济建设、生活习俗以及相关的政策、法规，学习共产主义理论。

一年之后，他们又回到北京中国红十字会，中国红十字会给了他们上大学、去工厂、下农场或闲住的 4 种选择。温纳瑞斯选择了到工厂工作，他被安排在山东济南造纸四厂当工人。

当时，虽然一提起"美帝国主义"，工友们都憎恨不已，但当工友们得知温纳瑞斯拒绝遣返回美国的有关事迹后，非但没有因为他曾经是一名参加过侵朝战争的美国兵而憎恨歧视他，反而很尊重照顾他这位"美帝国主义的背叛者"。特别是那些和他年龄相仿的年轻人，更是喜欢接近他，和他这个性格开朗幽默的"美国大个子"交朋友。

工作之余，温纳瑞斯也喜欢和工友们聚在一起喝酒、聊天、打扑克，工友们嫌叫他的美国名字"温纳瑞斯"拗口，干脆都叫他"老温"，温纳瑞斯也喜欢大家这样称呼他。

在工作之余，温纳瑞斯坚持每天至少学习两三个汉字的发音和拼写，经过一段时间的练习后，他的汉语也说得越来越好了。

从1977年开始，温纳瑞斯先后被山东大学等高校聘为教授，讲授英语口语课程。他居住在中国红十字会为他提供的一套100多平方米的房子里，享受着教授级的待遇和公费医疗，国家每4年为他提供一次去美国的往返机票。老伴白锡荣带来的4个孩子都已成家立业，视温纳瑞斯如亲生父亲，经常买温纳瑞斯喜欢的烟酒来看望他。他与白锡荣生的一双儿女也已结婚，小外孙女也已上小学二年级了，温纳瑞斯尽享着天伦之乐。

自从1950年离开美国以后，温纳瑞斯曾三次回美探亲，第一次探亲是在1976年，他本来只打算待半年，结果美国许多组织和团体纷纷邀请他作演讲，介绍他在中国的生活和经历，所以延长到11个月。在这11个月里，

讲和平讲人道

他的足迹遍及美国47个州的大中城市和小城镇，以自己的亲身经历向听众介绍新中国的建设成就，传播和平思想和中美两国人民的友谊，以及自己几十年来在中国的亲身经历和感受。

当时，美国的200多家新闻媒体对他进行过追踪报道，形成一股风靡全美的"温纳瑞斯热"。

美国的《美中通讯》在介绍温纳瑞斯时说："他的家乡把他当英雄来接待。"美中人民友好协会还赠送给他一幅万人签名、长达4米的条幅，以表扬他对美、中两国人民的友谊所作的贡献。

众多美国媒体在报道他的传奇经历和事迹时，竟站在两种截然相反的立场上，一些媒体称他是"民间大使"、"和平使者"；另外一些媒体在报道中则称他是"被共产党'洗过脑'的变节者"、"叛徒"、"疯子"。

然而，不论这些媒体的立场如何，在他们的报道中却都没有回避这样一个基本事实：温纳瑞斯作为一名前美军战俘，在中国定居后不但没有遭到迫害，反而受到了无微不至的关怀和照顾，过着安定幸福的生活。

2004年，身体状况一向比较好的温纳瑞斯因腿部摔伤住进了医院，在住院期间，他突发疾病，经抢救无效去世。家人按照他的意愿，把他葬在了济南的一个公墓里，中国红十字会等单位先后给他敬献了花圈。

三、 美军虐俘暴行

● 张泽石说:"忽然,我们全都静了下来,我们全都听见了整齐雄壮的歌声,是《解放军进行曲》!"

● 200 多人排成双行,打着用中、英文书写的大幅标语:"强烈抗议美方残酷迫害战俘的罪行!"

● 张泽石便用英语大声说:"你们美国不是讲民主自由么?你们的宪法都允许游行示威,你为什么不允许?"

揭露和谴责美军虐待战俘

1950 年 10 月 25 日，抗美援朝战争正式爆发。在抗美援朝战争中，美国在面积 400 平方公里的南朝鲜第二大岛巨济岛上建立起当时世界上最大的战俘集中营。

从 1951 年 11 月起，美军先后把 17 万名战俘强行押到岛上，实施白色恐怖管制。其中，有 2 万多名中国战俘。

巨济岛战俘营的生活条件十分艰苦，战俘每 50 人挤在一个军用帐篷里，帐篷的正中间挖一条浅沟，两旁就是铺着一排稻草袋的土炕，根本无法防潮。

战俘营里夏天拥挤闷热，冬天阴冷潮湿，根本无法入睡。冬日里，战俘们席地而眠，仅有的御寒之物就是每人一条破旧的棉被。

美军战俘营管理当局供给战俘食用的粮食，是大麦和少量的豌豆、碎大米，或者是小麦和大麦粉。

美军曾宣称每天每人提供一磅食物，但经过层层盘剥克扣，实际的供应量根本达不到这个数字。

战俘营里每日两餐，每餐仅有一个拳头大小的饭团或者半碗"大麦饭"，一碗漂有几片菜叶、几粒油星的清汤，只有极其幸运时才能碰上几片鱿鱼或牛肉。美军还常以断粮作为对"不服从当局命令"者的惩罚手段。因此，被俘人员长期处于半饥饿状态。

美军在巨济岛战俘营设立的战俘"医院"同样是草草搭起的帐篷，周围架起层层铁丝网。

"医院"里既无必要的医疗设施和人员配备，又无必需的药品供应。一些美军医生甚至在伤病战俘身上做试验，使一些本可以康复的人成了残疾，或是不明不白地死去。这种常年饥寒交迫的状况，加之医疗条件恶劣，生了病得不到及时诊治，最终导致关押在巨济岛的战俘营里的非正常死亡数字居高不下。

在巨济岛，2万多名志愿军战俘大部分被关押在第七十一、第七十二和第八十六号战俘营。为了向战俘进行意识形态灌输，美国人给战俘们进行"洗脑"。美军派来神父，向志愿军战俘传教，但没有成功。

战俘不仅长期饥饿，而且得不到足够的水喝。在巨济岛第六〇二号战俘营，拘禁了5000多名中国人民志愿军被俘人员，但只安装有口径两厘米的水龙头一个，而且每天只放水两小时，过了早晨8时美军就把水管关闭。

由于水少人多，煮饭发生很大的困难。水量少，煮成的饭常常半熟半生；蔬菜不能洗，只能带着泥土投到锅里。至于饮水，更为艰难。

巨济岛第七十二联队和第八十六联队，在水龙头下设一水桶，战俘们需排列成队依次领水，每人每日只能领到一小碗水。战俘们口渴难忍，只有喝污水沟里的脏水，或在做苦工时，不顾美军的殴打喝一口海水。

美军虐俘暴行

因为战俘营内缺少水，战俘们的衣服、毯子、头发上都生有很多虱子、虮子。卫生条件相当恶劣，战俘营中各种疾病流行，严重地损害了战俘的健康。

战俘居住在帐篷里或铁棚子里，帐篷里没有灯，黑暗潮湿。一个帐篷长约 10 米，宽约 5 米，一般要容纳 50 到 80 人，每人睡觉所占的宽度仅为 15 厘米到 20 厘米。战俘睡觉时只能侧身，一颠一倒，挤压得不能翻身。

每个战俘的衣服和私人财物等都在被俘时被美军和南朝鲜军抢掠，战俘们没有足够保暖的衣服。

1951 年 7 月，巨济岛美军战俘营管理当局发给战俘红色和黄色的短袖单衣和短裤，每人只有一套。许多人就是穿着这样单薄的衣服过冬。战俘们都冻得发抖，很多战俘手脚都冻得红肿、开裂甚至流黄水。即使这样仍没人理睬。

在美军的特许下，美蒋特务和志愿军中的叛徒在战俘营内成立准武装性质的"战俘警备队"。

他们将反动标语和图案强迫文在志愿军战俘的胸口和双臂上，还以"维持秩序、防止暴乱"为名，用罚爬、罚跪、吊打、往肛门里灌辣椒水、裸体塞进装了碎玻璃的汽油桶里在地上乱滚，甚至掏出战俘心脏等酷刑虐待不愿接受"转化"的志愿军战俘。志愿军第七十二号战俘营最先实行这种白色恐怖管制，却被美军公然称之为"模范战俘营"。

1952 年 4 月 8 日，美军对战俘营里的中朝战俘强行实施"遣返甄别"。美蒋特务和叛徒们采取一切手段阻止战俘表达回国的意愿。

从四川大学参军的志愿军战俘林学逋，在第七十二号战俘营，因号召难友们回国而被叛徒挖心示众。第七十一号战俘营的战俘为支持第七十二号战俘营难友的义举，在巨济岛升起了第一面五星红旗，遭到了美军枪击。

为进一步摧残中国战俘的意志，美方禁止中国战俘在 1952 年 8 月 1 日中国建军节和 8 月 15 日抗战胜利纪念日举行升旗仪式，还枪杀不服从管理的部分战俘。

战俘营内顽强生存的党组织，决定在十一国庆节集体升旗以示抗议。10 月 1 日清晨 6 时，巨济岛战俘营中同时升起 10 面五星红旗。美军出动了大批兵力，配以机关枪、毒气弹、火焰喷射器，甚至坦克、装甲车辆一齐向战俘营进攻。

在这场持续 3 小时的大屠杀中，中国战俘牺牲 56 人，负伤 109 人。美军虐待战俘的行为终于遭到国际舆论的一致谴责。

在当时交战双方就交换战俘谈判时，中朝方面代表严厉谴责美国的非人道主义行为。

中朝方面的代表严厉谴责美军的暴行，称：

> 你方采取了各种非人道的野蛮手段，为你方扣留战俘的非法借口制造所谓事实根据。但全世界人民看得清清楚楚，你们用尽了一切野

美军虐俘暴行

蛮屠杀的手段，也不能镇压我方被俘人员为维护他们的遣返权利而进行的英勇斗争。我方被俘人员为反对你们剥夺战俘遣返权利而流的鲜血，生动地证明完全有必要规定出战俘不得声明放弃遣返权利，以防止收容者一方以此为借口扣留战俘。日内瓦公约的基本精神是要求交战双方在收容期间宽待战俘，在停战后遣返战俘。这是战俘问题上最基本的人道原则。你方迫害战俘的行为和扣留战俘的主张，彻底违反了日内瓦公约，也彻底地违反了一切人道主义原则。

中朝方面对美军暴行的揭露，在国际社会上引起了巨大的轰动。

严厉批驳美方的"视察"报告书

1952 年 11 月 21 日，美方将战俘营"视察"报告书交给中朝方面。

这些报告书企图替美方洗刷战争罪行。报告书共 26 份，用法文写成。"视察"日期包括从 1950 年 11 月底到 1952 年 4 月 6 日之间的一段时期。

报告书特别详细地叙述了当时美方没有透露过的发生在 1951 年 8 月和 12 月的屠杀战俘事件。

报告书透露：在 1951 年 12 月 22 日和 23 日，美方在巨济岛战俘营第六十二号营场用武力强迫"甄别"战俘，打死打伤战俘 784 名。

报告书承认：

> 这个令人震惊的屠杀数字，是根据战俘代表的谈话和医疗所战俘医生的统计得来的，因而是完全可靠的。

由这个报告书可以明显地看出，战俘被屠杀的原因是他们反对强迫"甄别"和强迫扣留。六十二号营场的战俘，原是被美方硬说成"被拘留平民"而加以扣留的。

但是报告书却说这些"被拘留平民"强烈地要求

"恢复成为战俘"，因为"他们期望时机到来就被送回到北方去"。

为此，美方又派遣由南朝鲜特务组成的所谓南朝鲜"工作队"，对这些战俘进行"甄别"，实际上是强迫他们承认"被拘留平民"的身份。

美方这一非法行为当即遭到战俘的坚决拒绝。被报告书称为"反共分子"的南朝鲜特务大规模地对战俘"进行虐待和施以酷刑"。

所有的战俘代表和许多战俘被拘捕，许多战俘被关在"俱乐部"里"受到虐待"；更多的被关在一个"学校"里，战俘被迫双手抱头在寒冷的地上坐了一整夜，稍有移动就会遭到毒打。

帐篷里的战俘被强迫面朝下躺在冰冷的地上。但是，在这血腥的一昼夜之后，战俘依旧拒绝接受"甄别"。第二天早晨，美方警卫就对这些忠诚于祖国的战俘开枪屠杀，打死 6 名，打伤 37 名，加上被用棍棒等打伤的，共死伤战俘 784 名。

报告书说：

美方战俘营负责人告诉"红十字国际委员会"的代表说，在这次事件之后，第六十二号营场已被认为是共产党战俘营场，其他营场的共产党战俘都被集中到这个营场来。

美方虽然正式承认第六十二号营场的战俘全都要求回到祖国，但是仍然没有放弃强迫他们改变主意的企图。

早在 2 月 18 日，美方便用刺刀对着战俘进行"重新甄别"，结果打死打伤战俘 373 人。关于这次事件，"红十字国际委员会"已被迫承认过了。

这些惊人的屠杀战俘事件，说明美方从去年朝鲜停战谈判有关战俘问题的讨论一开始，就想尽各种办法来强迫扣留战俘，并用刺刀强迫"甄别"战俘，要他们接受被奴役的命运。

美国侵略者在给联合国大会的报告中声称他们是从 4 月间才开始"甄别"战俘的。这个弥天大谎已经被这两次屠杀事件彻底揭穿了。

"红十字国际委员会"的另一个关于 1951 年 8 月 19 日到 9 月 2 日"视察"巨济岛和釜山战俘营的报告书透露：美方早就在这个营场里，用屠杀的手段来剥夺日内瓦公约规定的战俘的权利和打击战俘要求遣返的坚定意志。

报告书说：

在去年 8 月 15 日，由于战俘庆祝他们祖国的解放日，就被打死 6 名，打伤 26 名。

报告书同时透露：在这一天，美方在釜山和巨济岛战俘营的许多营场内，有计划地屠杀庆祝节日的战俘，共打死战俘 18 名，打伤 75 名。

连"红十字国际委员会"也不得不在报告书中说:

这些关于屠杀事件的报告"还是不完全的"。

同时报告书也不得不承认:

这些事件是战俘营当局严重的偏执的结果。

显然,所谓"严重的偏执",就是美方执意要强迫扣留战俘。

报告书还公布了1951年8月30日巨济岛战俘营第六十三号营场全体战俘给战俘营当局的一封信。

战俘们在这封信中强烈抗议美方迫害战俘的骇人听闻的罪行。战俘们要求美方"不要侵犯日内瓦公约所保证的战俘的权利",包括"不要侵犯我们所选举出来的官兵代表的身份","禁止攻击和殴打战俘","立即释放现在或过去所拘捕的所有官兵代表","给予按照我们国家习俗举行仪式的权利"。

报告书同时透露:巨济岛第六营区的3万多名被硬称为"被拘留平民"的朝鲜人民军战俘,强烈地"抗议改变第六营区战俘的身份的措施",因为战俘营当局"已决定这些被拘留平民回到南朝鲜去"。

报告书还透露:中国人民志愿军战俘同样强烈地抗

议"回台湾还是回北朝鲜的某种压力不应在各营场战俘中实施"。

当时，《人民日报》针对报告书发表文章，严厉谴责美方的暴行：由报告书中也可以看出，"红十字国际委员会"的"视察"代表们，随时都效忠于美国战俘营当局。他们警告战俘要安分守己，并且处处都不遗余力地替美方辩解。但是从这些报告的字里行间，仍可以发现一个基本事实，那就是：在美方战俘营内，战俘根本没有"个人权利"、"个人自由"，有的只是美方屠杀和扣留战俘的"权利"和"自由"。

日内瓦公约第一条规定：

> 各缔约国承诺，在一切情况下尊重本公约
> 并保证本公约之被尊重。

为了明确关于战俘待遇的责任，日内瓦公约第十二条规定："战俘系在敌国国家手中，而非在俘获之个人或军事单位之手中。不论个人之责任如何，拘留国对战俘所受之待遇应负责任。"

但是，美国侵略者却完全违反了这几条规定，他们几乎破坏了日内瓦公约中有关战俘待遇的每一项基本条款，并且剥夺了战俘应该享受的一切待遇和权利。

美军虐俘暴行

"我一定要见总管当面谈"

1951 年 11 月 10 日上午，81 名来自第八十六战俘集中营的"共党分子"被押送进第七十一集中营。其中，一位战俘的名字叫张泽石。

张泽石，1929 年 7 月生于上海，少年求学于雅安私立明德中学及成都私立铭贤中学，1946 年考入清华大学物理系，1947 年夏加入中共地下党，1948 年夏调往河北泊头镇中共华北局学习，同年秋从解放军返回四川从事迎接解放的地下斗争。

1950 年，张泽石参军，1951 年随军入朝作战，因部队陷入重围负伤被俘，被俘后参与领导战俘集中营里的反迫害、反背叛的爱国斗争，时任坚持回国志愿军战俘的代表和翻译。

当时，张泽石和其他战俘走过第一个"朝鲜人大队"，他们被带到广场左边第三个铁丝网圈前。

七十一联队的美军总管打开了小门，回过头来点了下人数，又从押送他们的少尉手中接过战俘卡片，核对了一下数目，便挥手让他们进去，又随手把小营门锁上。

小营内只有一座铁棚顶的大房子。他们进到铁棚房子里，大家互相看着，像猛然醒悟过来似的一下子拥抱着跳了起来，胜利的、欢乐的泪水在脸上流淌。

张泽石后来回忆当时的情景时说：

忽然，我们全都静了下来，我们全都听见了整齐雄壮的歌声，是《解放军进行曲》！听，"向前，向前，向前，我们的队伍向太阳……"天呀！这是怎么回事？是天上传下来的仙乐吗？不，就在附近，就在房子的后面！我们一下子拥出了后门，看见了在右侧的铁丝网后面整齐地排列着100多个中国战俘，是他们在朝着我们唱呢！

七十一联队的美军总管格林中尉是个冷漠的人，不到40岁，瘦高个子，亚麻色头发，谈吐比较文雅。

张泽石是在到"七十一"后的第三天和他单独见面的。

当天，张泽石接受了任务去和美军总管谈判，要求开放战俘营之间的小营门，允许两个中国大队自由来往。

张泽石站在小营门口使劲摇晃铁门，用英语高喊："开门，我有事要见联队总管！"

从联队部帐篷里跑出来一个戴着"翻译官"袖标的南朝鲜人，他走过来不耐烦地用很蹩脚的英语问："你，你什么的想?"

"我有急事要见总管！"

"你的，我的告诉可以。"

美军虐俘暴行

"不行，我一定要见总管当面谈！"

他不高兴地回到联队部，过一会儿拿了一串钥匙来打开小营门，说："中尉叫你到联队部去。"

到了联队部，张泽石说："中尉先生，您好！"

中尉勉强地回答了声："你好！有什么事？说吧！"

"我们来'七十一'后过得比较愉快，我的同伴们要我来对您给予我们的宽厚待遇表示谢意！"中尉对张泽石流利的英语感到惊异，抬头看了张泽石一眼，眼角掠过了一丝笑意，点了点头。

张泽石接着说：

> 我们有个小小的请求，请您将我们两边的小营门打开，允许我们两个大队的中国人互相来往。军官们文化程度高，我们的战士希望向他们学点文化知识，以免虚度时光！

中尉立即摇头说："不行，你们这批中国人都是好斗分子，根据上级指示，必须严加管束，平时不得随意出来自由行动。"

"那么，能否在我们两个中国大队之间开一个小门呢？"

"这个建议倒是可以考虑，我将尽快答复你们。"

"另外，我还建议为了减少您的麻烦，今后我们中国人统一派出一个代表、一个翻译、一个文书、一个联络员，接受您的管理。”

“可以！”

“如果您认为适宜，我愿担任翻译，我们的孙振冠可以担任代表。”

“可以！”

张泽石起身表示感谢，那位朝鲜“翻译官”送张泽石回营房。

在路上，翻译官追着张泽石说：“你的英语讲得好，好顺溜。”

张泽石装作没听见，让他讨个没趣。

第二天，中尉果然派人来，在两个大队之间的铁丝网上剪开了一个可以过人的通道。大家对此十分高兴，表扬张泽石说：“我们的张翻译外交上还真有一手！”

美军虐俘暴行

抗议美方对战俘犯下的种种罪行

1951 年 11 月，在美军战俘营中的志愿军决定向美军管理当局递交一份正式的抗议书，全面揭发美方对中国战俘犯下的种种罪行，抗议美方肆意破坏日内瓦战俘公约，严正要求美军管理当局从"七十二"、"八十六"撤走叛徒特务及其打手，让战俘自由地选举各级行政人员，实行内部的民主管理。

在翻译这份"外文公函"的过程中，张泽石发现自己缺少这方面的词汇，需要一本汉英字典。为此，支部决定从发给大家一人一条的军毯中抽出两条来，由会日语的吴孝宗在夜晚向在铁丝网外值岗的南朝鲜军士兵"采购"一本英日字典。

张泽石后来回忆说：

经过讨价还价，结果在夜深人静之时扔出去 3 条毛毯换来一本用旧了的英日字典。为此，3 名难友就要与别人合盖一条毛毯了。在我的一生中，大概要算这本工具书"价钱"最贵而且对革命作的贡献也最大了。靠它我先后翻译了10 多万字的《抗议书》、《告美军管理当局书》、《给杜德将军的公开信》、《给国际红十字会的备忘录》、《给板门店和谈代表们的公开信》等等。

这些文件列举了大量事实揭露美方阴谋和叛徒特务的罪行，申明全体中国战俘反对虐待，坚持正义，坚决回归祖国的严正立场，并提出了各种合理要求。

这些文件有的是通过格林中尉之手送给美军管理当局；有的则是用极小的字体抄在极薄的纸上卷成约 5 厘米长 1 厘米直径的圆棍，包上锡箔塞入肛门，派人住进六十四野战医院，伺机送给朝鲜劳动党巨济岛地下党的联络员，由他们负责送出去。

使用的纸、笔、墨水都是用衣服、毛毯向南朝鲜士兵换来的。派往医院的"地下党联络员"必须忍受极大的痛苦，或用辣椒面腌烂眼睛，被当成传染性红眼病送去住院，或用生酱油呛进肺里造成剧烈咳嗽和肺部阴影，被当成肺结核送去住院。

朝鲜劳动党巨济岛地下党，最初只是人民军战俘营自己的组织，后来通过劳动党在南朝鲜军队中的地下党员与平壤建立起了联系。

为了起草和译写文件，大家经常在一起开夜车。1951 年的整个冬天，张泽石他们都是在七十一集中营度过的。

美军在大铁棚房子里给安装了一个用大汽油桶做的简易取暖炉，上面有个烟筒，下面有个炉门，可以放进去一个小油漆筒。烧的是煤油，煤油定量，只能在睡前

美军虐俘暴行

烧一个多钟头，烧时炉壁都发红。大家围坐在四周，前胸烤得慌，背后冷飕飕。

张泽石回忆说：

> 晚上我们睡在只铺了一层草帘子的水泥地上，十分难熬，大家尽量挤在一起，穿着全部衣服，合盖几床军毯才能勉强入睡。我常常半夜冻醒，醒了还不敢动，怕惊醒身边的战友，只好睁着眼去回忆童年时代在家乡冬天烧树疙瘩烤火的情景，回忆在游击队时围着篝火烧土豆吃的快乐来进行"精神取暖"。因此，我们倒是愿意在一起开夜车写东西，有热水喝，有"夜餐"吃，脚冻了起来跳一跳，大家说说笑笑，时间反倒过得快些、轻松些！

为了扩大影响和配合向美军管理当局的书面揭发、抗议，大家还在小铁丝网里游行示威，200多人排成双行，打着用中、英文书写的大幅标语：

> 强烈抗议美方残酷迫害战俘的罪行！
> 坚决要求取消战俘营内的法西斯罪恶统治！
> 反对美方强迫战俘改变信仰！
> 反对美方强迫战俘背叛祖国！

这些标语都是用纱布绑在帐篷杆子上，用手纸拼成横幅写成的。

大家高声唱着国歌、《国际歌》、《解放军进行曲》、《走，跟着毛泽东走》等歌曲，在大约两个篮球场大的操场上来回转圈。

这些行动首先引起对面七十二集中营内的难友们的响应，许多难友听到歌声，跑出帐篷扒在铁丝网边上瞧。

带队的宪兵头头大骂志愿军是些"顽固不化的死硬共党分子"，并威胁他们说再闹事就开枪。

张泽石便用英语大声说："你们美国不是讲民主自由么？你们的宪法都允许游行示威，你为什么不允许？你最好请你们的总管来一趟，他为什么不回答我们的抗议？"

那个宪兵头子无言以对。

志愿军在战俘营中的斗争行动使得"巨济岛上成立了一个第七十一号红色志愿军战俘营"的消息很快传遍了巨济岛和釜山各战俘营。

张泽石协助查明自杀案真相

1952 年 3 月，春风开始吹拂巨济岛，在战俘营旁边，小草绿了。但是，在铁丝网内，春天还远远没有到来。

当时，原八十六联队部翻译安宝元通过住院坚持要求来"七十一"被允许了，他向张泽石等汇报了在"八十六"的恐怖统治日益加剧的情况，大家听了更加不安。

安宝元还说高化龙翻译已经去了医院，不打算回"八十六"了，联队部只有书记长郭乃坚仍在坚持。这样，斗争形势更加严峻了，由于板门店的和谈僵持着，美方更加紧在战俘营内推行强迫战俘背叛祖国的政策。

张泽石后来回忆当时的情况说：

> 叛徒们根据其主子的指示加强了战俘营内的法西斯恐怖统治和对战俘的政治陷害、人身折磨。我们通过医院不断听到在"七十二"、"八十六"集中营内难友们奋起反抗和狗腿子们残酷镇压的消息……愈来愈多的人被强迫在"要求去台湾的血书"上签名盖手印，甚至被强迫写"绝命书"："再不送我去台湾，我宁愿自尽……"

3 月初的一天上午，布莱克中尉忽然坐吉普车来到"七十一"，他要张泽石为他担任翻译，一起去审查一件在中国战俘中发生的"自杀案"。

张泽石被带到布莱克的办公室，要他先译出一封"绝命书"。这封信写在两张被揉皱了的烟盒上：

> 我日夜盼望着蒋总统派人来接我去台湾，等到现在不来接我，共匪的板门店代表还要强迫我回大陆，我只有一死报效党国！蒋总统万岁！

字迹很潦草，张泽石觉得有些蹊跷，死因和信的真伪有待查明。他正要拿起笔来翻译，布莱克问张泽石想喝红茶还是喝咖啡。

张泽石说："谢谢，我不渴。"

布莱克说："给你冲杯咖啡吧！"接着，便走出办公室去冲咖啡。

张泽石低头偶然看见在布莱克没有关严的抽屉里有一张写着英文的白纸，便悄悄将抽屉开大点一看，正是这封信的译文。最后那个"蒋总统万岁"的译文后面还打了个大叹号。

张泽石急忙把抽屉还原，立即想到布莱克已经找人翻译过此信。让再译的原因或者是不相信那人的水平，或者想考验张泽石是否可以信赖。

张泽石回忆说：

美军虐俘暴行

我迅速作了决断：不管怎样，我必须按原文译出来。尽管我十分厌恶这封信，特别是对蒋介石的称呼和喊万岁更为反感。

布莱克送来咖啡后便坐在一旁喝着咖啡，一面看一张美国军报《星条报》，一面对张泽石说："你不必着急，上午能译完就可以了。"

当张泽石抬起头来思考时，忽然看见那张《星条报》上的一行标题中有"板门店"几个黑体字，他意识到这是一则关于和谈的通讯。

张泽石很想要过来读一读，但又觉得不妥，便先集中精力翻译信件，誊清之后交给了布莱克。

布莱克把报纸放在桌上拿过译文仔细读了起来，那张报纸就离张泽石不远，但那项和谈报道却被压在了反面。

张泽石在回忆录中如是描述：

我喝着早已凉了的咖啡，反复想着用什么办法去了解那个报道内容，我们太需要知道和谈的情况了。

布莱克看完张泽石的译文，满意地说："看来还是你的英语更好，这下我弄清了这份'绝命书'确切的内容了。"

张泽石问："我可以问这位死者的情况么?"

"当然可以。我今天早上得到报告和这件从死者身上搜出来的物证。死者是第八十六战俘营的一个中国战俘,今天清早被人发现他吊死在厕所里。我负责审讯这个案子,你将尽力协助找,是吗? 张!"

"我感谢您对我的信任!"张泽石回答。

布莱克看了看手表说:"啊! 已经吃午饭的时间了,为了你的良好工作,我请你在这里用餐。"说完,他从柜里取出一个美军军用扁平型铝饭盒,又说:"你就坐在这里等我,不会让你久等的!"

这时,张泽石拿起报纸来,迅速翻到那则消息:"板门店和谈僵局可望打破,朝中方面可能在战俘志愿遣返问题上作出让步。"

这则消息说:

> 我方出于早日结束战争的愿望和对战俘的人道主义考虑,在此次会谈中,我方首席代表呼吁朝中方面,同意我们提出的在中立国监督下对战俘的去向志愿进行甄别。朝中方面未予反驳……朝中方面代表只是再次提出无根据的指责,重复所谓"美方对战俘实行变本加厉的血腥镇压,企图强迫扣留朝中战俘"的老调。

读完消息后,张泽石的心中宽慰了许多:"啊,原来

美军虐俘暴行

祖国了解这里发生的一切。祖国是不会抛弃自己的儿女的!"

门外响起的脚步声打乱了张泽石的思绪,他立即放下报纸。

布莱克端着饭盒开门进来了。张泽石站起来要迎上去,他示意让张泽石坐下,把饭盒放在张泽石面前。

张泽石打开饭盒,里面放有番茄牛肉汤、夹着黄油的面包和几块肉。

布莱克指着那几块肉说:"这是从美国空运来的新鲜鹅肉,只有我们军官食堂才供给。"

张泽石回忆说:

> 我吃着这丰盛的午餐,想着难友们这时正在急切地咽吞那漂着烂萝卜叶的酱油汤和半碗大麦米饭,心里很不是滋味。

吃完饭,布莱克用车送张泽石回"七十一"。在路上,他告诉张泽石,明天他来接张泽石一起去"八十六"作现场调查。张泽石一回去立即把在《星条报》上看到的消息告诉了其他人,大家都十分高兴。

后来,经过张泽石和布莱克的调查,了解到死者原来是被特务谋杀致死的,那封信也是谋杀者自己杜撰出来的,纯属子虚乌有。案件被破,大大打击了战俘营中叛徒们的阴谋诡计。

四、 战俘营的斗争

- 吴孝忠拍着胸膛，坚决地说："你敢！你要开枪就朝这里开吧！"

- 马兴旺营长振臂高呼："大家不要动，共产党员站到前面去掩护群众！"

- 孙振冠严肃地说："我们全体 238 名志愿军战俘也已全部签名向杜德表示了回国意愿，你们不用再麻烦了。"

孙振冠传达党支部的决定

1952 年 4 月 6 日下午，格林中尉忽然亲自来到战俘营找孙振冠。

孙振冠于 1928 年出生在浙江镇海一个普通的知识分子家庭。13 岁时，他从浙江凤湖中学毕业，考进了上海的一所高中。

1943 年春，15 岁的孙振冠放弃学业，从上海跑到新四军东江支队参了军。那时部队的整体文化水平很低，特别需要知识分子，很快他就成为部队里最年轻的政治工作干部，16 岁就入了党。那时，战友们亲切地称他为"小老兵"。

在领导和战友心中，孙振冠是公认的干部苗子。19 岁时，孙振冠成为全军最年轻的营教导员。

1950 年 6 月，朝鲜战争爆发。孙振冠所在的中国人民志愿军军第二十军六十师（划为第九兵团）进入朝鲜，执行东线战场的作战任务。

当时，二十军和二十七军的任务是围歼从东线进入长津湖地区的"联合国军"，以策应西线志愿军主力的进攻。东线战场是指朝鲜东部，这里处处是高山密林，地势险要，作战条件极其艰苦。而二十军所面对的"联合国军"，是在二战中成功进行诺曼底登陆作战，号称为

"王牌军"的美国海军陆战队第一师，战斗的艰巨与残酷可想而知。

11月下旬长津湖战役打响时，孙振冠刚刚调到一八〇团三营任教导员，他们的任务是在公路高地上控制住公路，防止被兄弟部队分割围歼的美军陆战一师突围。果然，在兄弟部队猛烈的进攻下，美军一次次地向公路上突围，但都被他们打了回去。他们圆满地完成了3天多的堵截任务。

但是，三营也减员了三分之一，许多战士的手脚、耳朵冻坏了，孙振冠的双脚肿得像个馒头，行走时更是疼痛难忍。未及喘息，三营就被命令连夜奔到长津湖以南20公里外的黄草岭一线，狙击南逃北犯的美军。

因为天寒地冻无法修筑工事，战士们只能利用天然地形，冒着零下30多摄氏度的严寒埋伏在厚达两尺深的雪地里。他们带的干粮早已吃光，饿了只好吃在地里捡来的冻土豆和战场上被炸死的马肉，又无法点火，便将冻得石头一样硬的土豆啃下一小块在嘴里含着，等化开了才能咽下去。弹药本来就少，经过几次战斗后，全营只剩下几枚迫击炮弹和火箭筒弹，战士们每个人也仅有10多发子弹和手榴弹。

在这次战斗中，孙振冠不幸被俘。这一天是1950年12月10日，距孙振冠入朝正好是一个月。从此，孙振冠失去了与部队和党组织的联系，成为志愿军抗美援朝战争中第一批战俘中的一个，开始了他的战俘生涯。

战俘营的斗争

当时，张泽石问格林有什么急事。他说："快叫你们孙振冠到'七十二'去见联军司令部派来的贝尔上校，他将在那里召集你们各中国战俘营的代表，宣布有关你们遣返的重要公告。我负责保证孙振冠安全返回'七十一'。"

张泽石立即到军官大队向政委汇报。政委马上召集紧急会议，研究这是真有其事，还是美军玩弄阴谋。不少领导担心孙振冠的安全。孙振冠说："敌人要扣留我用不着搞这个鬼，而且扣我还不如扣赵政委有用。估计是确有其事，大家不用担心我，我去了会见机行事！"

张泽石随孙振冠到了联队部，张泽石要求格林允许他和孙振冠一起去。

格林摇头说根据命令各战俘营只去一个代表。孙振冠劝张泽石放心留下，便随同格林沉着地往"七十二"走去。

没过多久，孙振冠涨红着脸回到"七十一"，突然空中响起高音喇叭汉语广播的声音，大家惊得停住脚步，全世界似乎都沉寂了：

战俘们，中国战俘们！

现在广播联合国军的重要公告。联合国将在两三天内对你们全体进行志愿甄别，愿意回大陆的将予以遣返；不愿回大陆的将送去台湾。这关系到你们的终生前途，你们要认真考虑，在甄别前千万不要跟任何人讲。对不接受甄别的少数中共战俘，所产生的一切后果由你们自己负责。

听完广播，大家都蒙了，想等着再听一次。

广播又再次重复。之后，大家回到房子里，军官队也都过来了。接着，战俘营党支部委员们退出去召开紧急会议。大家都不愿离开，静静地挤在一起等候党支部作出决定。

半个小时后，孙振冠回来传达党支部的决定：

1. 立即赶制一面五星红旗，准备好在开始甄别时升起来，号召"七十二"的难友们在甄别时敢于表达回国志愿。

2. 立即联名向杜德送去紧急声明，提出我们的具体要求。

3. 我们将拒绝接受"审查甄别"，同时，到时候将声明我们全体一致要求回归祖国。

孙振冠讲完之后，问大家有无补充修正意见，会场沉静了几秒钟，然后爆发出热烈的掌声！

接着，大家开始紧急行动起来，张泽石和黎子颖、何平谷、吴孝忠、张济良一起起草和翻译出给杜德的紧急声明，曹明、南阳珍负责赶制国旗。

黎子颖先根据党支部指示，用中文起草信件，提出了下列具体要求：

在各集中营重新向全体战俘宣读公告内容。

立即将"七十二"、"八十六"、"七十"各集中营的战俘加以隔离审查，由我方最高军官王芳前往各战俘营在无干扰情况下向战俘们进行解释说明。

从现在起美军应在集中营内外日夜巡查警戒，防止流血事件。

立即将下列有生命危险的480人，名单附后，送来"七十一"，以保证其安全。

草稿经党支部审定后，立即由笔迹工整的何平谷、吴孝忠加以誊清。张泽石和张济良同时动手翻译。

当天20时，大家将给杜德的紧急信件，中英文各一份送给格林中尉，请他尽快转送杜德将军。

张泽石对格林说："在此关键时刻，为了减少中国战俘的伤亡，务请您立即送去。"

格林接过信，用手掂了掂，便去给司令部打电话，请杜德的副官来"七十一"取信。

升起五星红旗

1952 年 4 月 7 日，浓雾笼罩着巨济岛。

当天 10 时，美军的广播车又开来广播公告，"七十二"又是一片喊叫声和敲打饭盆的嘈杂声，接着广播车又开走了。

大家估计当天下午可能开始甄别审查，便加紧制作国旗。当时，雨开始下了起来，公路上出现了装甲车的隆隆声。为了防止美军闯进来，大家增派了室外监视哨。在屋里，白绸子被曹明用红药水染红，还有一块则用奎宁水溶液染成鲜黄色。

后来，张泽石回忆当时的情景说：

> 几位难友趴在地上根据回忆画着 5 个星星的大小与位置，然后用小锯片磨成的小刀裁剪出 5 个五角星来，又用糨糊粘在了红旗上。有人说："应该用针缝上才不怕风吹掉呢！"于是，曹明又拿出他自制的针线。这时，军官队的战友们几乎都过来了，都想看看这面亲爱的五星红旗，都想去缝上一针。赵政委建议大家排好队轮流上去缝一针。旗子被摆在房子中间，大家肃静地等着开始。凄风苦雨在室外呼啸着，

仅有的一盏灯摇曳着，照着这群面容憔悴苍白，但意志弥坚的中华儿女。

大家怀着对祖国的热爱，对祖国的敬仰，对祖国的思念，对祖国的忠诚跪着缝旗。一时，歌声、哭声和着风雨声一起飘向远方。

当天下午，没有美军来巡查，大家松了一口气。夜里，曾德全等几位比较有力气的战友在风雨的掩护下悄悄地在操场上挖着埋旗杆用的深坑。

但地面非常硬，又没有挖掘工具，实在很难挖，随即改成将3个空汽油桶紧靠一起，在桶里装进石块、土块，在3个桶的空隙中立起旗杆。

岗楼上的探照灯几次穿过雨帘照过来，他们急速地趴在泥水里不动，回屋时都成了泥人，大家赶忙为他们擦身换衣。

军官队的战友则将卸下的帐篷支柱用铁丝绑成一根长达10余米的旗杆，这一夜大家几乎没有合眼。

张泽石回忆道：

> 从对面"七十二"集中营传来的一阵阵狗腿子们的狂喊，难友们的惨叫彻夜不停。我们"七十一"的战友们愤怒至极，轮流冒着雨到外面对"七十二"高唱革命歌曲、喊口号，激励难友们坚持住。

1952 年 4 月 8 日凌晨，雨渐渐停了，"七十一"地下党支部决定，天一亮就升起巨济岛上的第一面五星红旗。钟骏华、何平谷被指定去升旗。

天刚刚破晓，先是军官队 10 名战友抬起系好绳子的旗杆冲出去，把旗杆在 3 个汽油桶之间立起来又迅速填进砂石固定好。

钟骏华、何平谷又冲出去站在汽油桶上把旗在绳上系好，等着升旗。全体战友迅速集合到旗杆下，军官队副大队长骆星一站在土坡上指挥大家齐唱国歌。

鲜红的旗帜在海风中，在雄壮的国歌声中慢慢地升上了杆顶，骄傲地飘扬起来。

这时，岗楼上的美军弄清了怎么回事，大喊起来："降下旗子，你们这些混蛋！快降下，否则我要开枪了。"

在公路值岗的南朝鲜军人也跟着喊叫起来，同时拉响了枪栓。气氛骤然紧张起来，吴孝忠走上去用日语向那些南朝鲜军人说："根据日内瓦公约，战俘有权利保留自己的信仰和升自己的国旗。"

南朝鲜军人看了看岗楼上正在用机枪瞄准国旗的美军，蛮横地嚷着："不行，你们再不降旗，我就开枪。"

吴孝忠拍着胸膛，坚决地说："你敢！你要开枪就朝这里开吧！"

岗楼上的机枪响了，南朝鲜军人也扣动了扳机，吴孝忠捂着肚子倒了下去！任贵全、孙长青也倒在了血

战俘营的斗争

泊中！

大家愤怒极了，一些人跑去护理伤员，许多人在地上寻找石头准备反击。

马兴旺营长振臂高呼："大家不要动，共产党员站到前面去掩护群众！"

于是，党团员迅速出列拉起手围成一道人墙，《解放军进行曲》的歌声更加响亮。

这时，孙振冠大声对着张泽石喊："泽石，你赶快去找格林要救护车！"

张泽石转身朝"七十一"联队部跑去，他看对面"七十二"的帐篷外面站着好多难友在仰望着五星红旗。

格林正在联队部里来回转圈，见张泽石去了，急忙问："你们怎么搞的，死了人让我怎么交代？"

张泽石焦急地说："请您先打电话要救护车吧！有3个人倒下了，晚了就不行了！"

格林急忙拿起电话往医院里打，张泽石又跑出联队部去看国旗。

3个重伤员被战友用雨布做的临时担架抬到联队部。张泽石跑向吴孝忠，见他脸色煞白，便伏身问他："孝忠，孝忠，你伤着哪里了？"

他努力笑了笑，喘着气说："大概是肚子打穿了，不要紧。"张泽石赶忙扭过脸去，他早已泪流满面。

当天10时，几辆卡车开进第七十一集中营，带兵的上尉对张泽石说："奉杜德将军之命，前来审查甄别。"

他指着几个穿军装的黄种人说："他们会讲中国话，将由他们来审查，请把你们的人排成队，带到联队部跟前来。"

张泽石立即回去报告情况。大家紧急集合，带好简单的行李，整队前往联队部。

那个上尉又说："你们将一个一个进入联队部，单独地、自由地表明自己的去向，愿意去台湾的立即上车送走。"

张泽石把孙振冠介绍给他说："这是我们的代表，请听他的回答！"

孙振冠严肃地说：

> 我们已经明确地向你们的杜德将军表明我们对甄别的态度，我们全体238名志愿军战俘也已全部签名向杜德表示了回国意愿，你们不用再麻烦了。

那个上尉听了张泽石的翻译后看了看格林中尉，问："您知道这是真的吗？"

格林肯定地点了点头。

张泽石回忆说：

> 上尉回过头看看秩序井然地静坐着的战友们那凛然不可侵犯的神色，便挥手说道："那就

战俘营的斗争

全部上车走吧!"我们一面激动地想着:"可能这就要上船回国吧!"一面列队上了车。汽车发动了,我回过头来望着七十一集中营,看了看我们整整半年在那里住过的铁皮房子,看了看仍然屹立在那里的旗杆,心想:"再见了,永远再见!'七十一',你这巨济岛的小延安。"

当时,站在张泽石旁边的钟骏华把他的右手拉进了他的怀里。张泽石回忆说:

> 我触摸到那面五星红旗的滑润的绸面和一颗剧烈跳动着的心!

张泽石的左手又被攥住了,他扭过头来,看见曹明的满脸笑容。

曹明对着张泽石的耳朵悄悄说:"咱们胜利了!"

扣留美军准将杜德

1951 年 1 月中旬,孙振冠一行人被从兴南市押到了釜山战俘营。釜山是朝鲜最南端的最大港口和海港城市,也是美军运送侵朝战争军用物资的主要口岸。

釜山战俘营设在市西北几里地远的山坳里,庞大的集中营群沿着公路设置,坐落在荒芜的稻田地上,一个接一个。每一个集中营的帐篷,都由 3 层铁丝网围起来,4 个角都有高达 20 米的岗楼;岗楼里的机枪、探照灯时刻对着铁丝网内的一切;沿铁丝网外的公路上不时有全副武装的美军驾驶着坦克与吉普车昼夜巡逻。

附近还有飞机场,停有随时准备起飞的战斗机、搜索的直升机,并驻扎着美国海军陆战队、远东情报局、南朝鲜军警卫部队以及其他军、警、宪机关。

这里囚禁着朝中战俘和朝鲜平民大约 10 万多人。刚押来的战俘要例行搜身、登记、照相、按指纹等一连串程序。

1951 年 2 月,美军在"医院"里搭起了一个美军第八军情报部的审讯帐篷。这是专门在战俘口中榨取情报的机关。"审讯员"都是 20 多岁的美籍华裔,会说普通话或广东话、上海话。

在审讯中,孙振冠利用他们的无知和好奇心,趁机

战俘营的斗争

向他们谈了祖国解放以后的进步情况和对资本家、华侨的政策，向他们打起了"攻心战"。

一次，一个姓陈的"审讯员"突然问孙振冠："你们在中国胜利了，为什么不过太平日子，要来侵略朝鲜?"

孙振冠义正词严地回答：

> 你说的不对，不是我们侵略，而是美国！它不仅侵略了朝鲜，还把战火烧到了中国！你们的飞机已经把炸弹扔到了中国的城市安东境内，这不是侵略吗？中国的炸弹没有扔到美国去，你们却远涉重洋出兵朝鲜，杀死大量无辜的朝鲜平民，摧毁城镇乡村，这不是侵略又是什么？

姓陈的"审讯员"明知无理，但还是搪塞了几句。经过几次这样的审讯，几个"审讯员"似乎都被孙振冠给瓦解了。尽管他们对"谁是侵略者"仍认识不同，但明显对孙振冠及中国有了好感。

一次，在孙振冠与他们又一次争论"谁是朝鲜战争中的侵略者"这一话题时，那个姓陈的"审讯员"带着一种近乎自豪的口气对他说："不争了，你说美国侵略，我们将军说你们侵略，这个我们说不清。我只知道，100多年来中国一直是受人家侵略的，现在你们能到朝鲜来打仗，就算是侵略吧，也说明中国比以前强大了，我们中国总算挺起腰杆了！"

他的话引起了周围几个"审讯员"的共鸣，他们七嘴八舌地议论起来："台湾那个老头的政府是腐败……只有中国强大了，在国外的中国人才能抬起头来。"

1951 年 5 月初，孙振冠被送到离转运站两公里的志愿军战俘营，也被称为"中国大队"。这里约有 1000 多名中国战俘。其中有一处用铁丝网单独隔离的小营场，关押着三四十名被俘的排以上干部，被称作"军官小队"。

几天后，釜山所有的中朝战俘全部被迁移到了釜山南部的巨济岛。从此，一直到遣返回国，孙振冠就被拘押在这里。

1952 年年初，孙振冠等获悉，停战谈判只剩下最后一项议程：遣返战俘。由于美方捏造"战俘不愿回到共产党统治下去生活"的弥天大谎，坚持所谓"自愿遣返"的荒谬立场，使板门店谈判陷于僵局。

战俘遣返成了举世瞩目、阻碍停战的突出问题。与此同时，为了给"自愿遣返"提供"根据"，美方不仅着手让战俘营内特务加紧胁迫战俘"刺字"、"写血书"，制造"拒绝遣返"的假象，还公然指使战俘管理当局变本加厉地虐杀坚持遣返的中朝战俘。仅 1 至 4 月份，就杀伤战俘 400 余名，妄图迫使战俘就范。

"七十二联队"的志愿军战俘在美蒋特务的威胁、残害下，只有极少部分冒死冲出屠刀棍棒，走到回国战俘营。坚贞不屈的张振童、林学遍、杨文华惨死于敌人的

战俘营的斗争

棍棒屠刀下，林学逋还被剜了心。

连美国合众社记者也不得不承认，"关押战俘的巨济岛变成了一个恐怖之岛"。而"七十一联队"在孙振冠、张泽石等人不屈不挠、有理有节的斗争下，全体被免于甄别，被送到新建成的"六○二号战俘集中营"，即志愿军回国集中营。

为了更好地进行长期斗争，孙振冠及"七十一联队"原来党支部的几个负责人和后来集中到此的各个营的党员骨干商议，决定成立"共产主义团结会"的领导机构，定名为"总指导委员会"，简称"总委"，推选赵佐端为总委书记，孙振冠、魏林、杜岗为副书记，顾则圣、马兴旺、李玺尔、王化英为常委，并设了组织、宣传、保卫等机构，由几个常委分工负责。

随后，总委领导组织了一系列活动：起草反抗美军非法甄别的抗议书、举行大规模的游行、为甄别中被杀害的战友开追悼会、庆祝 1952 年五一节大会等，以气势震慑了美军及其特务。

5 月 2 日，"六○二联队"全体战俘宣布绝食，抗议非法"甄别"，要求惩办凶手与派战俘代表去板门店陈述战俘营的真实情况。因为在此之前，总委接到朝鲜"地下党"总委来信，除通报当前斗争部署外，还提到他们将要搞一次"重大行动"，要求"六○二"配合。希望总委领导在与管理当局谈判时，一定要战俘营总管杜德准将亲自出面，并把谈判经过通报给他们。

5月3日上午，孙振冠、张泽石又一次通告"六〇二联队"的总管博托上尉：

　　请你无论如何要转告杜德将军，一切事宜必须由他亲自来谈，然后才能考虑是否停止绝食。

　　5月3日下午，在孙振冠等人的坚持下，杜德准将亲自来到"六〇二联队"门口，与战俘代表孙振冠等隔着铁丝网进行谈判。

　　经过一个多小时的交锋，最后他不得不答应替战俘们转交致板门店谈判代表和国际红十字会的函件，以及继续寻找死难烈士的遗骸等要求。

　　在谈判时，杜德漫不经心，最后还显出一副唯有他"出马"才能"解决问题"的自得神情。在他周围担任警卫的士兵也松松垮垮，毫无戒备。

　　细心的孙振冠迅速将同杜德谈判的经过情况通报给了朝鲜"地下党"总委。

　　5月7日，杜德到人民军战俘营的"七十六联队"门口，以战俘谈判的方式与人民军战俘进行谈判，被朝鲜战俘出其不意地抓进"七十六联队"营场，并被迫同意立即召开全岛朝中战俘代表大会，与朝中战俘代表就有关强迫扣留战俘等问题进行谈判。这就是当时震惊世界的"杜德事件"。

战俘营的斗争

召开朝中战俘代表大会

1952 年 5 月，杜德被扣后，美方同意"六〇二联队"中国战俘营派代表参加谈判。"共产主义团结会"总委决定派孙振冠和张泽石、黎子颖、柳一 4 人，代表志愿军被俘人员前去"七十六联队"参加与杜德的谈判斗争。

当天晚上，巨济岛朝中战俘地下行动总指导委员会书记朴相显单独留下孙振冠，把他领到了一个地下室，参加他们正在召开的总委会议。

会上讨论的主要是 3 个问题：

> 一是与杜德谈判的具体内容；二是在什么情况下释放杜德；三是可能出现的情况和对策。

大家一致同意朴相显书记的方案，向杜德提出的条件主要包括：1. 停止虐杀战俘；2. 停止为"自愿遣返"所做的一切；3. 成立"朝中战俘代表团"，承认其合法性和保证其经常活动。而释放杜德的时机，必须在杜德承诺了这些条件之后。

争论的问题是，万一看守战俘营的军人使用武力"营救"，该如何处置杜德？一种观点是必要时处决杜德，事后可推说是在混乱中被对方打死的。有的人不同意这种意见，认为这是"冒险主义"。

争论中，朴相显似乎成竹在胸但没有表态，他要孙振冠表示意见。孙振冠说：

> 我同意朴书记提出的3项条件，但建议可否加上"甄别非法"这一条。因为"甄别"是美帝制造"自愿遣返"的重要根据，应该突出一下。关于动武时对杜德的处置，我同意保护杜德的安全，千方百计把他隐藏起来。因为只要杜德在我们手里，我们就有主动权！

朴相显在总结发言中采纳了孙振冠的意见，决定把"甄别非法"单列一条，并说："老孙同志对在动武时如何处置杜德的意见是正确的。"

会议结束后，朴相显把孙振冠拉到他身边，高兴地对大家说："孙同志虽然是个年轻大队长，可比我们的大队长有水平多了。这是中国共产党培养的干部，中国共产党伟大！毛主席伟大！"

孙振冠不好意思地连连说："过奖了，是朴书记领导的正确，是朝鲜人民军的斗争精神鼓舞了我们。"

5月7日21时多，在"七十六联队"里举行"朝中战俘代表团"成立大会。来自17个战俘营的代表一共43人，被请到主席台上就座。

"七十六联队"的全体朝鲜战友参加了这次大会。杜德也被送上主席台，参加了大会。

5月8日上午，朝中战俘代表大会正式召开，首先安排控诉发言。大会开始之前，主席告诉与会的杜德："你必须认真听取代表的发言，在尊重事实的前提下，允许你进行申辩。"

"是！是是。"杜德慌忙说道。

于是，各战俘营代表轮流发言，先由朝鲜战俘控诉。他们列举了大量确凿的事实，控诉美方怎样迫害、虐杀战俘以强迫战俘背叛祖国，并企图扣留大批人民军和义勇军战俘去充当李承晚的炮灰，特别令人发指的是他们将战俘秘密运走，做化学战、细菌战和核战的试验。

接着，张泽石代表中国人民志愿军被俘人员发言。他愤怒地声讨美军指使特务、叛徒残酷迫害战俘的各种法西斯暴行，当讲到许多要求回国的战俘难友被剖腹挖心时，他泪流满面，泣不成声。

所有的朝鲜战友也都忍不住抽泣起来。一双双仇恨和愤怒的眼睛，像一支支利箭一样，射向了浑身颤抖的杜德。

在大家的逼视下，杜德扶着桌子缓缓地站了起来，他耷拉着脑袋，低声说道："我有罪！我有责任，有责任！"

这时，孙振冠站起来对杜德说：

　　你确实有罪。但我们也清楚，你作为一个

军人，必须服从你们政府的命令，对你犯下的罪行，我们并不要你个人承担全部责任。罪魁祸首，是你的政府。美国人民和中国人民是愿意友好相处，反对你们这样做的。实际上，你和你的政府也在对美国人民犯罪。你只有切切实实地做出一些事情来，才能赎回你们的一切罪过。

杜德听了，连连点头，颤抖地说："感谢阁下的这些教诲，我将永记不忘。我将尽全力弥补我的罪过。"

在"朝中战俘代表团"成立大会上，孙振冠被选为副团长。团长是朝鲜同志李学九，原师参谋长。下午，代表大会起草《朝中战俘代表大会向全世界人民控诉书》和《美方战俘管理当局保证书》。

前一个文件列述了杜德等人执行美国政府的战俘政策所犯下的各种罪行，后一个文件写下了应由杜德签字的、美方不再继续这些罪行的保证。

代表团同时提出释放杜德的 4 项条件，准备第二天一早送交新任总管柯尔逊准将。这 4 项条件是：

1. 停止美军的野蛮暴行，按照日内瓦战俘公约，保障战俘的生命安全和人格尊严；

2. 停止暴力威胁下的非法"甄别"，宣布"甄别"无效；

战俘营的斗争

3. 不得以"自愿遣返"的名义，强迫扣留战俘；

4. 承认朝中战俘代表团的合法性，并给予活动的便利。

与此同时，团长李学九和副团长孙振冠又个别与杜德交谈，做他的思想工作，并利用杜德与柯尔逊在西点军校的同窗之谊和杜德妻子恳求柯尔逊"营救"丈夫的迫切心情，采用"攻心战术"，对杜德晓之以理，动之以情。

经过会上会下、对内对外紧张频繁的谈判和"攻心"，在铁证如山的事实和同仇敌忾的气概面前，战俘营内外两个"总管"将军柯尔逊和杜德终于在"四项要求"的协议书上签了字。

5月10日，杜德与柯尔逊将军签署"最后声明"，承认战俘营里的流血事件，并愿意保证不再发生，不再进行强迫甄别等。

当晚，杜德将军被释放，美军莱汶中校在"七十六联队"大门前接收后并写下"收条"。

美国政府发言人不得不承认这一事件"使美国在这个紧要的时候在整个东方丢了脸"。

这起事件给正在板门店谈判的中朝方面提供了更有利的证据，戳穿了美方在战俘遣返问题上所制造的一切谎言，揭露了美方阻挠停战的险恶用心，从某种程度上促进了谈判成功的进程，从而缩短了朝鲜战争的时间。

离开"战犯营"回国

1952 年 5 月，接替杜德、柯尔逊任战俘营总管的是以野蛮残暴著称的波特纳准将。他一上任，就立即撕毁协议，背弃诺言，把参加"杜德事件"谈判的中朝战俘代表全部扣押在"七十六联队"，不准返回各自的战俘营。

同时，波特纳杀气腾腾地叫嚣：美军有权对战俘采取一切必要手段，包括使用武力来"维护"战俘的"秩序"。为了镇压各战俘营对"七十六"的声援，他们不时断粮断水，动不动就投掷毒气弹，甚至把坦克开进"六〇二"战俘营，压倒了飘扬了 3 天的红旗，还用火焰喷射器烧毁那里的大幅标语。

从 5 月中旬到 6 月上旬，又有上百名战俘被美军士兵开枪杀伤。

接着，波特纳又命令所有战俘营都必须迁移，把原来几千个人一处的大营场，分散为只有几百人的小营场，企图分散战俘的斗争力量。他公然威胁说，如不迁移，就要动用武力。

在这危急形势下，设在"七十六联队"的朝中地下行动总指委研究决定，为防备美军随时进行的报复，全

战俘营的斗争

体战俘必须做好准备。

于是，孙振冠、张泽石等被扣押的志愿军战俘代表与朝鲜战友一道积极行动起来，准备自卫武器，如防毒口罩、汽油瓶、用汽油桶上割下的铁皮绑着帐篷杆子制成的"长矛"等，并在各个帐篷内挖下了避弹的壕堑。

6月10日清晨，东方刚刚发白，数十辆坦克、装甲车和数千名美军士兵，团团包围了"七十六"营场。波特纳全副武装，亲自上阵，指挥督战。

隆隆作响的坦克、装甲车一齐把炮口指向营内，头戴钢盔和防毒面具的士兵个个刺刀出鞘，面向营场，准备冲击。

8时左右，一声凄厉的枪声划破了长空的寂静。霎时，大门正面和两侧的坦克、装甲车猛然启动，压垮铁丝网，冲入营场。

步兵群也以战斗队形紧跟其后，蜂拥而入。火焰喷射器射向帐篷，机枪疯狂扫射，手榴弹、毒气弹四处投掷。枪声、爆炸声响成一片，黄绿色的毒气弥漫在整个"七十六"营场。

"万岁！""万岁！"一批批人民军的突击队员手持长矛，高声呐喊着冲出壕堑，奋不顾身地迎上前去，用长矛等同美军拼刺搏斗，把燃烧瓶投向坦克、装甲车，用血肉之躯，阻挡美军前进。

整个"七十六"营场烈火熊熊，浓烟冲天，许多帐篷被烧毁了，几辆坦克被击中起火，在人群中打转。

两个半小时后，枪声和呐喊声渐渐停息下来。孙振冠等4人被搜索的美军士兵从掩蔽壕里拖出来，押到营场中央的广场上，同被搜索出来的朝鲜战士集中到了一起。在这场屠杀与反屠杀的斗争中，人民军战俘死伤160多人。而按照朝鲜战友事后的调查，死伤人员在500人以上，酿成了震惊世界的惨案。

当天，距杜德被释放正好是一个月，也在这天，孙振冠等被扣押在"七十六"营地的朝中战俘代表团所有代表都被投进巨济岛美军的"最高监狱"。

在血洗"七十六联队"的一个月后，波特纳又强令"六〇二"志愿军回国战俘营迁移到济州岛新建的第二十一战俘集中营，即后来的第八战俘集中营。

这里的近6000名战俘在总委的领导下不屈不挠，继续与美军斗争，在3个月后的"十一"升旗斗争中，不幸有56名战俘壮烈牺牲，109名战俘受伤。这是美军对中国人民欠下的又一笔血债！

1953年7月27日10时，在朝鲜板门店停战协定签字大厅，历经24个多月的朝鲜停战谈判终于有了一个圆满的结局。

朝鲜代表团首席代表南日与美方代表团首席代表哈尔逊在"停战协议"上先行签字，随后由朝鲜人民军最高司令官金日成、中国人民志愿军司令员彭德怀与"联合国军"司令克拉克分别签字。

至此，朝鲜战争结束，根据停战协定中的"战俘问

战俘营的斗争

题协议"，美方将无条件遣返所有战俘。

但是，美方为了尽可能多地裹胁战俘回台湾，采取了一系列阻挠、拖延的手段。尤其对孙振冠、张泽石等曾参与"杜德事件"的"战犯"战俘，他们更是想扣押作为人质，迟迟不予遣返。

8月5日至13日，迁至巨济岛的原"六○二联队"的5418名志愿军战俘分10批先后归国，归国后的"共团会"总委委员张城垣等向志愿军代表团、战俘遣返委员会、国际红十字会多次控诉，指控美方违反停战协定的有关战俘遣返的规定，将志愿军战俘中高中级干部吴成德、赵佐端、魏林、孙振冠、张泽石等扣作人质，不予遣返。

8月29日，战俘遣返委员会首席代表李平一严词指责美方说：

1953年8月10日，美国国务卿杜勒斯公开宣称你方手中握有相当数量的我方被俘人员，将被你方扣作人质……关于你方这种违反一切国际惯例、日内瓦公约和朝鲜停战协定的荒谬行为，我方曾在上次的会议上向你提出，要求你方答复。对于被你方企图扣留的全部朝鲜人民军被俘人员包括朴相显、李红哲、金泰熏、辛泰凤、严正侠、李钟镇、李哲钧、虞在吉等人和全部中国人民志愿军被俘人员包括吴成德、王芳、魏林、孙振冠、李德才等人，你方应立即做出负责的交代……

与此同时，新华社、《人民日报》、《光明日报》、《解放军报》等多家重要新闻媒体相继刊发谴责美方扣押志愿军的消息、评论。

当时，新华社发表文章称：

　　归来人员说，在停战实现以后几天，美军战俘营当局派了4名中尉衔的南朝鲜特务，到战俘营来对战俘进行胁迫和恫吓活动。这4个南朝鲜特务在每天上午、下午轮流到各战俘帐篷里"训话"，并出版了一张《特报》，对朝鲜民主主义人民共和国大肆诬蔑。

　　……

　　归来人员说，9月初，美军战俘营当局又强迫战俘演习怎样扰乱朝中方面代表的解释工作，怎样用石块和木棒攻打朝中方面的代表。9月5日，南朝鲜特务们又编导了一幕话剧，内容是表演如何辱骂和攻打朝中代表和朝中方面提名的中立国代表。演戏用的道具都是美军供给的；演出时，3个美军校官和许多美军士兵也前去观看。

9月6日，在强大的舆论谴责、揭露及我方板门店谈判代表的多次严正抗议下，美方终于将吴成德、王芳、魏林、孙振冠、张泽石等138名战俘遣返回国。

当离开"战犯"营与朝鲜战友们告别的时候，孙振冠真是既激动又兴奋、喜悦，他和每个朝鲜战友作了最后一次的拥抱。10多个月的朝夕相处和特殊的斗争生活，使中朝战友结下了亲如手足的生死情谊。

9月6日早晨，孙振冠一行乘卡车向板门店进发，他们在车上高唱着、欢笑着，还拿出了保存已久的五星红旗。

在板门店，孙振冠等受到中方谈判代表团领导李克农、黄华和志愿军政治部主任杜平的亲切接见和问候。他们一个个像受尽委屈而终于见到母亲的孩子，眼泪像断线的珍珠一样落了下来。

五、 谈判中的较量

● 毛泽东解释说："他们为扣留一万个俘虏奋斗，就死掉了3万多人。"

● 毛泽东宣布："我们愿意立即停战，剩下的问题待将来去解决。"

● 毛泽东、周恩来致电金日成："准备在遣返战俘问题上作一让步，以争取朝鲜停战。"

双方交换战俘有关资料

1951 年 12 月，朝鲜战场停战谈判进入第四议程：关于遣返战俘问题。

12 月 12 日，讨论战俘安排问题的小组会开始。经李克农与乔冠华商议，中朝代表团派出李相朝和柴成文作为该小组谈判代表，对方出席的是海军少将李比和陆军上将希克曼。

中方谈判代表团很快阐明了自己的立场，按照日内瓦战俘公约中"战争结束后应该毫不迟延地释放和遣返战俘"规定的办理。

会议一开始，中方代表便根据李克农、乔冠华的指示，提出停战以后立即遣返战俘的原则。但对方拒绝对此表明态度，坚持必须首先交换战俘名单。

在这个问题上，美方表现得十分顽固。美军主张"一对一遣返"、"自愿遣返"。

所谓"一对一遣返"，意味着美方将扣留我方 10 余万被俘人员。所谓"自愿遣返"，看来很民主，实质上完全不是那么回事。

在美军手里的战俘，怎么能表达"自愿"呢？实质是强迫扣留。所以争论的焦点是全部遣返还是强迫扣留。

美方代表虽然没有公开反对中国和朝鲜的立场，却在心里打着小算盘。

美国方面很清楚，对于有数以千万计兵源的中国来说，为数极少的战俘从军事上讲没有很大价值，只有美国情报部门和心理战部门对此加以注意。

随着战争形成僵局和谈判开始，美国政治家对战俘问题越来越关注。

时任美国国务卿的艾奇逊后来回忆说：

> 这个问题不仅是促成敌我之间，而且也是促成国务院和国防部之间的一个重大争执点……为了保证敌方所收容的战俘的返回，五角大楼却赞成将北朝鲜和中国战俘及被拘留的平民一并遣返而不管他们的意愿。

美国军人从军事的角度考虑问题，感到为了战俘问题拖延战争并付出重大伤亡"得不偿失"。当时，美国的政治家却认为，朝鲜战争是"自由世界"同"共产党世界"之间的一场前哨战，应鼓励包括投降者在内的战俘都逃离"铁幕"。

艾奇逊大力宣扬："共产党士兵一落到我们手里就可以逃亡，这点对共产党是有威慑作用的。"

同时，美国官方还想通过所谓"大多数被俘者不愿遣返"的这场人为制造出的闹剧，在全世界面前丑化共产党领导的国家。

由于美方故意设置障碍，战争双方战俘遣返的谈判漫长而艰难。他们先是从技术层面进行破坏，经常擅自宣布休会，使谈判无法进行。

经过一周僵持后，李克农提议可以先交换战俘资料，毛泽东回电表示同意，同时估计到美方必有一番宣传，要求准备反击。

12月18日，双方交换了战俘资料，中朝方面称现拘留战俘1.15万多人，其中美军3192人，英国等盟国战俘1216人，南朝鲜7142人。

美方交出了13.2万多名战俘的名单，其中包括中国人2.07万多人，另外还有6000名被拘禁的平民。

根据朝中方面的内部统计，被俘军人总数最高不过11万人左右，其中人民军9万余人，美方将许多抓到的朝鲜平民和义勇队成员也当成了战俘。

双方的被俘人员，绝大部分是在战争第一年双方拉锯式的争夺战中俘虏的。朝鲜人民军战俘主要是在美军仁川登陆后的撤退中的被俘者。志愿军被俘人员，主要是第五次战役后期撤退时第三兵团的失踪者。

不过停战谈判前中朝军队未考虑到交换战俘的问题，对俘虏还是采取过去革命战争中的方式，对部分人加以释放，多数朝鲜籍俘虏还被补充入人民军，加上因"联合国军"飞机轰炸、看管不严和供应困难造成的失散和死亡严重，交换战俘材料时，中朝战俘营中只剩下1.15万多名战俘，其中美英等非朝籍战俘4408人，南朝鲜军战俘 7142 人。双方交换战俘资料后，"联合国军"代表经研究后声称，对中朝方面拘押的战俘如此之少表示"震惊"。

美方宣布，当时"联合国军"已有 1.2 万人失踪，南朝鲜军则有 8.8 万人失踪，并认为失踪者中绝大多数已被俘。

美方还抓住 1951 年 6 月朝鲜广播电台纪念战争一周年时公布过俘敌 6.5 万人的数字，要求对其他 5 万多名战俘的下落作出解释。

中朝方面则说明大批战俘在谈判前已被释放，并列出美国方面的一些报道作为证据，就此要求只能将现在关押的战俘全部交换。

从 1951 年 12 月 1 日谈判进入关于战俘遣返问题，到 1952 年 11 月，在将近一年的时间里，双方几乎没有达成任何有意义的协议。

战俘问题，成了停战谈判的难点。美方公然违背日内瓦战俘公约的基本原则，他们的荒唐方案，理所当然地遭到中国政府和朝鲜政府的断然拒绝。

这样，朝鲜战争进入边谈边打的阶段。

谈判中的较量

中方新方案遭无理阻挠

　　1952年1月3日，在联合国大会政治委员会的会议上，苏联代表团团长维辛斯基提出了一个加强国际和平与安全的建议。

　　在这个建议中，苏联除主张联合国大会取消集体措施委员会这个扩大侵略战争的阴谋组织之外，并建议考虑消除目前国际紧张局势和建立国际友好关系的措施问题，而首先是为帮助朝鲜停战谈判获得顺利结束所应采取的措施问题。

　　在美国继续蛮横无理地阻挠与拖延朝鲜停战谈判，并在本国及其附庸国家中加紧扩军备战活动，继续制造国际紧张局势的情形下，苏联政府进一步争取和平的努力，是十分重要的。

　　顺利完成朝鲜停战谈判，实现朝鲜停火，是中朝人民和苏联人民一贯努力和争取的目标，也是全世界爱好和平人民一致的、迫切的要求。

　　在朝鲜实现停火，不但将使朝鲜问题有可能得到和平解决，并且也将由此而开辟和平解决远东其他问题和消除世界紧张局势的道路。

　　在朝鲜停战谈判开始以来，朝中方面的代表始终表现了在公平合理的基础上积极争取达成协议的精神。但是尽管如此，朝鲜停战谈判却由于美方采取了种种可耻的方法进行阻挠和拖延，以致进行了半年之久，还没有达成任何有意义的协议。

美方这种拖延谈判的蛮横无理的态度，曾遭到中方代表及世界爱好和平人民的严厉斥责，并引起美英人民的普遍愤怒及其同盟国家的不满。

当时，《人民日报》发表文章指出：

> 他们以骗子的面目出现，硬把他们企图扣留我方被俘人员，拒绝双方全体战俘的释放与遣送，说成是他们的"人道主义"原则，说成他们是"一心只想到这些人的福利和他们家庭的哀痛"；他们以无赖的面目出现，一面要挟他们的同盟国对侵朝战争"在军队及其他方面作最大的贡献"，一面独断专横地为他们本身的利益拖延谈判。

双方就战俘问题讨价还价，争论不休。这样的小组委员会已经开了50多次，对峙的局面不仅没有消除，反而越来越僵。

为了打破这种僵持的局面，乔冠华与李克农一起，带领中方参加该项议程谈判的参谋人员，经过反复深入的研究斟酌，提出迫使对方在遣返俘虏原则上让步的新方案。

谈判中的较量

这个方案由乔冠华起草，经代表团党委讨论，最后形成定案，直接上报毛泽东。

由乔冠华起草的这一文件文字缜密，结构严谨，内容翔实，考虑到了双方各自的利益，合情合理。它是乔冠华昼夜思索、凝聚无数心血的成果，当然，也渗透了李克农以及代表团全体成员的辛劳与汗水。

因此，当这个方案在谈判中一提出，美国和南朝鲜代表尽管前思后想，又是研究，又是讨论，但没有找到任何破绽。但是，由于他们无理阻挠，新方案对解决战俘问题没有起到太大的作用。

1952年4月4日，"联合国军"司令李奇微赶到汉山召开紧急会议，研究遣返战俘问题，并决定在战俘营中进行分类统计。

4月8日，美军在巨济岛战俘营开始对中朝被俘人员进行"甄别"，即在战俘营中将愿意遣返的战俘和不愿遣返的战俘分类。

4月19日，"联合国军"宣布"甄别"的结果是只有7万人可以遣返，其中志愿军战俘只有5100人。

5月7日，李奇微又发表声明，声称"自愿遣返"的原则"需要共方全盘接受"。

面对美国在战俘问题上发动的政治攻势，毛泽东决定在原则问题上决不让步，即使再付出一定的消耗和损失，也要维护新中国和整个社会主义阵营的威信。

为此，中朝谈判代表坚持全部遣返的原则，大力谴责美国方面扣押战俘，并以朝中被俘人员反抗斗争的事实对美方"不愿遣返"的宣传进行反击。

与此同时，中朝军队在战场上积极持久地杀伤消耗"联合国军"。

毛泽东于 1952 年 8 月 4 日还对此事解释说：

他们为扣留一万个俘虏奋斗，就死掉了 3 万多人。他们的人总比我们少得多。

经过中朝方面坚决的斗争，美方略有松动，提出一个遣返 8.3 万人的数字，朝中谈判代表团经内部研究倾向于接受。

与此同时，毛泽东在致朝、苏方面的电报中，详细说明在"联合国军"狂轰滥炸下接受提案的不利，斯大林表示支持毛泽东的意见。

因此，谈判仍然没有达成一致协议。

谈判中的较量

揭露美方拖延谈判的图谋

1952 年 5 月 7 日，巨济岛美军第七十六号战俘营的中朝方被俘人员，为抗议美方强迫扣留中朝方被俘人员所施的暴行，激愤地扣留了美战俘营负责人杜德准将。这就是当时震惊中外的"杜德事件"。

"杜德事件"是美国侵略者惨无人道的战俘政策的恶果。中朝方就此提出抗议，使得美方代表狼狈不堪。乔埃垂头丧气地说："巨济岛事件使我们变得很愚蠢了。"

美方一方面在谈判中讨价还价，拖延时间，另一方面却在巨济岛残酷迫害我被俘官兵。美军在巨济岛的暴行，在全世界引起了愤怒的抗议浪潮。

当时，美国国内也发生了美俘家属联名向杜鲁门、艾奇逊要求遣返全部战俘的请愿运动。华盛顿受到了冲击，美国谈判代表团也不那么神气了。

对此，中方代表团决定抓住这个有利时机，向对方发起新的进攻，迫使对方走下一步。当时，乔冠华在代表团里起了很大的作用。

谈判代表团的分析会经常开到深夜。平时每天一次这样的预备会，大都由乔冠华主持。会上大家自由发言，各抒己见。分析美军明天可能会提些什么问题，该怎样回答。最后由秘书处的人员整理综合，经李克农过目后，连夜向上级汇报。

待上级答复后，即打印成文，参加谈判的正式代表每人一份。每天到会场都是拎一大叠纸条。这样，不管对方提什么问题，代表团都能有条不紊地给以答复或者批驳。

如果对方提的问题代表团事先没准备，这也不要紧，就向对方提出暂时休会，在电话里与李克农或乔冠华商讨对策。

中国代表团分析的结果是，只剩下一个战俘遣返问题，美方在最后这个问题上同我们纠缠，把移交我方的被俘人数，从13.2万减到11.3万，又减到7万，表明美国政府不想在这个时候使战争停下来。

代表团认为，原因可能有两个：

> 一是美国4年一度的大选即将开始，发动侵朝战争的共和党人杜鲁门总统，害怕战争的结束影响竞选；二是美国要在1954年的财政预算中增加军费开支，而朝鲜战争的继续进行则是最好的论据。

以后，慢慢地在会场上每次见面都是美军提出："你们有什么新的问题吗？""你们有什么新的建议吗？"

9月28日，美方提出一个新方案，停战后马上遣返愿意遣返的战俘，并将其他人带到双方对峙的非军事区，交给中立国人员询问，然后前往他们所希望前往的一方。中朝方面经研究认为这仍是"自愿遣返"，换汤不换药。

10月8日，中朝方面提出方案，建议停战后立即将战俘送到非军事区的双方商定地区，交对方验收，然后通过双方红十字小组的询问，按国籍分类遣返，保证全体战俘过和平生活。

中朝代表之所以有这一提议，是由于当时已经捕获一些空降特务充当的战俘，从他们的口供中已经了解到关押所谓"不愿遣返"战俘的营区已完全被台湾和南朝鲜特务用暴力控制。中朝代表认为如简单地将那些被国民党特务和败类们控制的战俘送到中立区询问意愿，势必绝大多数人仍不敢表达想返回的意愿，而且这样做还会造成自己在政治上的被动局面。对那些心怀疑虑的战俘，只有进行比较长时间的解释，并打破那些"俘虏官"的暴力控制，才能争取其遣返。

对中朝方面的建议，美方声称这仍是"强迫遣返"，"不尊重个人人权"。

10月8日当天，美方代表以不能接受朝中方面的意见为由，单方面宣布无限期休会。

在谈判的同时，战争仍然如火如荼地进行着。1952年9月18日，中朝军队发起对"联合国军"的反击作战，歼灭"联合国军"2.5万人。此役不但重创美军，也引起了美国朝野的一片哗然。

1952年10月，艾森豪威尔在竞选总统中宣布，他当选后，亲自到朝鲜结束朝鲜战争。结果，他当选了总统。就在艾森豪威尔竞选总统的 1952 年 10 月，美军开始夺取上甘岭、五圣山。

结果，上甘岭成了美军永久的伤痛，一片 3.9 平方公里的地域，美军投入 6 万多兵力，300 余门火炮、近 200 辆坦克、3000 余架次飞机，血战了一个多月，炮火将山头削低了三四米，竟然拿不下来。

为了把美方破坏谈判的真相公之于世，10 月 16 日，中方联络官把金日成、彭德怀签署的致克拉克的信交给美方。明确指出，美方拒绝协商，中止谈判，应该负起破坏停战谈判的全部责任。

10 月 19 日，克拉克复函，拒绝恢复谈判，使谈判中断。

谈判中的较量

一动不如一静

1952 年秋季，双方在战场上又进行了激烈的攻防作战，僵局仍无法打破。

11 月 17 日，印度向联合国大会提出解决朝鲜战俘问题的方案，提议由中立国印度、波兰、捷克斯洛伐克、瑞士、瑞典成立一个遣返委员会，来处理朝鲜战争中的战俘问题。

中朝当面对印度的提案进行研究，认为这是偏向美方的。5 天后，苏联代表在联合国表示，印度的提案违反禁止甄别、扣押战俘的日内瓦公约，美国则对这一提案基本同意。

12 月 2 日，联合国政治委员会以 53：5 的表决结果通过印度的提案。随即中朝两国政府都复电联合国大会主席，要求取消这一决议。

1952 年 11 月，艾森豪威尔当选美国总统后，又试图以军事压力迫使中朝方面在战俘问题上让步。他采取一系列表示强硬姿态的步骤，如鼓励台湾国民党军队攻击大陆，扬言扩大战争和准备封锁中国海岸等。

当时，英国从欧洲防务的角度出发，反对扩大战争和封锁中国。从 1952 年年末起，中朝军队根据艾森豪威尔所表现出的扩大战争的迹象，在东西海岸进行了大规模的反登陆作战的准备。

1953年2月7日，毛泽东在政协全国委员会上宣布：

> 我们愿意立即停战，剩下的问题待将来去解决。但美帝国主义不愿意这样做，那么就打下去，美帝国主义愿意打多少年，我们也就准备跟他打多少年。

2月19日，中共中央、毛泽东对于是否应该主动提出谈判复会问题作出分析，认为如以金日成、彭德怀致函形式，对方可能认为我方性急，有些示弱，反易引起对方幻想。结论是一动不如一静，毛泽东主张"让现状拖下去，观察一段时间再说"，拖到美国愿意妥协并由它采取行动为止。

这样，板门店谈判因战俘问题无法解决，出现了半年之久的休会。

面对美国反共政客故意制造所谓"多数战俘不愿遣返"的闹剧来丑化新中国，毛泽东决心以争取"全部遣返"为目标坚持斗争，为此不惜再推迟停战。

谈判中的较量

停战谈判达成协议

1953 年春，停战谈判休会 4 个多月后，美方为下台阶提议先行交换伤病战俘。

当时，斯大林突然逝世，苏联新领导人在同周恩来会谈中表明应改变原来的路线，争取早日停战。

毛泽东、周恩来等从苏联回到北京，经商议后致电金日成：

> 准备在遣返战俘问题上作一让步，以争取朝鲜停战。

春夏之交，作为朝鲜停战谈判唯一障碍的战俘问题通过互让终于得到解决。中朝方面的让步是：

> 不坚持要求遣返全部志愿军战俘和家居南朝鲜的人民军战俘，却要求将不直接遣返的战俘交给中立国，并派人前去解释，相当于一种动员遣返。

美国方面的让步是：

不坚持由它进行单方面的"甄别"，同意将"不愿遣返"的战俘交给中立国，并由朝中方面派人去解释动员遣返。

自从艾森豪威尔于 1952 年年底当选总统后，美国一方面表现出准备扩大战争的迹象，一方面又急于从朝鲜战争中脱身，不放弃任何机会进行和平试探。

当时，新中国的态度是绝不向美国的压力示弱，积极进行反登陆的准备。与此同时，中共中央、毛泽东从整个国际形势和社会主义阵营的情况考虑，加之国内已经开始了第一个五年计划的建设，于是从 1953 年年初起也准备寻求解决战俘问题的新方案，以求尽早结束战争。

1953 年 3 月 30 日，周恩来以政务院总理兼外长的名义，就关于朝鲜停战谈判问题发表声明提出：

谈判双方应保证在停战后立即遣返其所收容的一切坚持遣返的战俘，而将其余的战俘转交中立国，以保证对他们的遣返问题的公正解决。

周恩来的这一声明，表明中朝方面就战俘问题改变了"全部遣返"的要求，不过也不同意美方单方面"甄别"后决定"自愿遣返"人员的办法，而是改为将那些对遣返有顾虑者交中立国再派人"解释遣返"。

4月6日，双方派出联络组在板门店开会。

4月20日，朝鲜停战谈判双方在板门店开始交换病伤战俘，后来称之为"小交换"。中朝方面交给对方684人，对方交来6670人。事实上双方伤病战俘都不止此数，交还数字都是按战俘总数的相同比例遣返的。

5月7日，朝中方面对战俘问题提出一个具体方案，即停战后立即遣返坚持遣返的战俘，并将其余战俘送出朝鲜，运交中立国。

6月8日，双方就战俘问题达成协议。协议规定：

> 停战后双方立即遣返坚持遣返的战俘，其余战俘于停战生效60天后交给波兰、捷克斯洛伐克、瑞士、瑞典和印度组成的中立国遣返委员会看管，由双方派人去进行为时90天的解释。此后仍不愿意遣返的战俘再由政治会议处理，或由中立国将其变为平民，去他们申请去的地方。

至此，朝鲜停战谈判的全部议程都达成了协议。

1954年5月起，从朝鲜的归来者陆陆续续地踏上了回乡路。他们踏上祖国土地的一刹那，很多人相互拥抱，眼里涌出热泪，泪水一直流到这块养育了他们的热土上。

参考资料

《当代中国的抗美援朝战争》柴成文等著 解放军出版社

《朝鲜战争实录》解力夫著 世界知识出版社

《朝鲜战争中的美英战俘纪事》边震遐著 解放军文
艺出版社

《正义与邪恶的较量》程来仪著 中央文献出版社

《战俘手记》张泽石著 青海人民出版社

《抗美援朝的故事》贺宜等著 启明书局

《抗美援朝战场日记》李刚著 解放军文艺出版社

《中国人民志愿军征战纪实》王树增著 解放军文艺
出版社

《王平回忆录》王平著 解放军出版社

《抗美援朝纪实：朝鲜战争备忘录》胡海波著 黄河出版社

《血与火的较量：抗美援朝纪实》栾克超著 华艺出版社

《烽火岁月：抗美援朝回忆录》吴俊泉主编 长征出版社

《朝鲜战争》李奇微著 军事科学院外国军事研究部
译 军事科学出版社

《开国第一战：抗美援朝战争全景纪实》双石著 中
共党史出版社

《我们见证真相：抗美援朝战争亲历者如是说》杨凤
安 孟照辉 王天成主编 解放军出版社